有人真心的支持著你所想要擁有的孤單，
那種支持，才會讓那孤單找到真正的自由。

重逢咖啡館

鄭華娟——著

CONTENTS

目錄

A Science Legend
重逢咖啡館

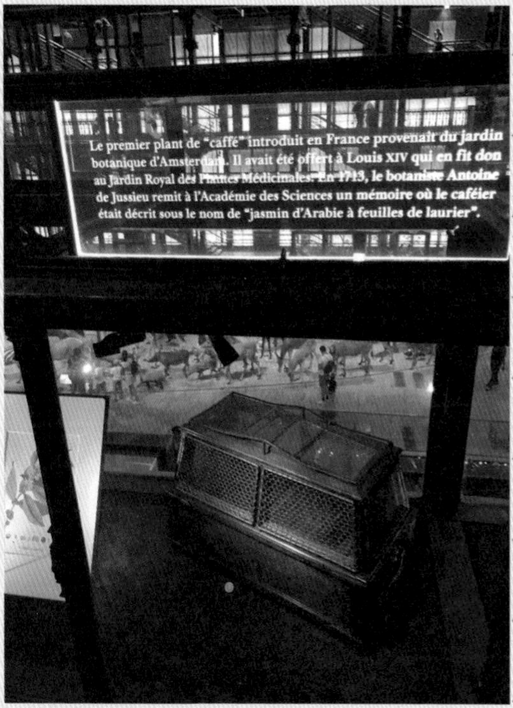

法國在古代研究咖啡樹用的提籠。

巴黎植物園博物館典藏

1
2 | 3

1 巴黎植物園溫室的入口。
2 巴黎植物園的模型鳥瞰。
3 溫室所種植阿拉比卡咖啡樹的解說。

無街道名的路牌。

1
2 | 3

1 巴黎國家檔案博物館裡的木製字母雕飾。
2、3 巴黎國家檔案博物館所陳列的檔案。

1｜2
3｜4

1、2 巴黎國家檔案博物館所陳列的檔案。

3 珍貴的文件史料。

4 博物館是法國最早期的洛可可風格建築。

歐洲古代是以鵝毛筆作為書寫的工具。

序章

有些巧合，不需要去解釋。

如果解釋得太多，反而就假了。因為本來可能就是假的，只是因為和某些真的事物重疊了，它就成了發生在真實中的巧合。但因為有真實的部分，混淆了眼睛。所以眼見之事物也有可能是假的，只是錯覺讓人以為是真的。

就比如說重逢這件事，在誰也沒有安排的情況下，人與人之間多年後忽然再次見面了，這種情形下，總是帶給人很大的驚喜。當然，這位與你重逢的對象必須是你喜歡的，要不然就算重逢了，也必然想盡辦法躲開吧？

瑪莉是我的好朋友，她是德國職業學校畢業且領有最高級美髮專業證照的美髮師，我們一起到巴黎來找一家「重逢咖啡館」。因為我認識開這家咖啡館的老闆，所以很希望能與他再見一次面，更希望在這家重逢咖啡館再見到他時，問他更多關於咖啡知識的事。上一回見面時間太匆匆，我沒有把握機會，好好的跟他學習，這次若再遇見他，我是再也不會放過問他更多關於咖啡歷史的機會了。

上一次，瑪莉沒有跟我一起來。說實在真是太可惜，錯過了很多精采又不可思議之事。比如，這位要開重逢咖啡館的咖啡先生，或許可以提供瑪莉工作專業方面一些有關法國時尚史的資料。我是說真的，這位咖啡先生如果真開了這家「重逢咖啡館」，肯定會是一個神奇又有魅力的地方，絕對可以吸引很多很多人來這家咖啡館喝咖啡。

只是，我們現在已經在森林區走了大約兩小時了，瑪莉說要折回市區，她已經走不動了，汗流浹背的她快要哭出來了。

「妳不是尋我開心吧？」瑪莉不肯往前走，就著路邊一棵老樹的大盤根坐了下來，順便把鞋子脫下讓腳丫子透透氣。

「我發誓就在這附近！可是為何就是找不到那位咖啡先生的房子……」我把上次離開巴黎前憑記憶手繪的地圖拿出來又比對了一下方位。

真的急死人了！雖說為了確定「重逢咖啡館」是否已經開張，我們今早還先去了上次我住的那家旅館，卻發現已經換人經營且整修一新，原來的老闆也退休了。新的旅館櫃檯員說無法提供舊業主的資料，所以當初提供我「重逢咖啡館」資料的那位女老闆也找不到了。

「那別找了，我們去左岸喝咖啡就好了。不一定要找什麼重逢咖啡館啦……」身材微胖的瑪莉把鴨舌帽當扇子用，把額前凌亂蓋住眼睛的頭髮吹了吹。

「再試一次，如果還找不到，我們就到左岸喝咖啡。」雖然我也想放棄了，但心裡總有點不甘心。

這時隱約看見從林邊走來一位老先生。

「請問……」我試著用法文詢問：「貝登考先生？你認識嗎？」

老人用灰濁的眼珠看看我，他拿了一支手杖，穿了一件淺灰的小坎肩，綠格子休閒褲，腳踩著一雙皮製涼鞋，灰色的帽子和他的頭髮、鬍子幾乎同色。

「路易？」他反問道。

「是是是！」哇！真高興，看來我是問對人了。

老人一聽我說是，就開始巴拉巴拉說了一長串我聽不懂的話，邊說還邊用手杖指著森林的一個方向。

完了！一個字都聽不懂。

「請問需要我幫忙嗎？」後面突然出現了一位年輕人，「我是他的孫子。」

老人又把方才那段話巴拉巴拉重複了一遍給孫子聽。

「我阿公說老路易亂丟了一堆垃圾，人間蒸發了。」

「那他的房子呢？這樹林中不是有一棟很古老的房子？還有一個很大的地窖？」我問。

年輕人問了阿公關於房子的事情，老人巴拉巴拉又說了一堆。

老人的孫子試著精簡的翻譯：「沒有人知道路易去哪裡了，去年冬天他就不見了。有一些人來把他的房子給完全剷平了，我們也不清楚怎麼回事。妳往那個方向去看看，我猜房子已經不見了。」

老人聽得很專心，這時又補充說了一堆。

「阿公說巴黎有很多古老的區域並沒有畫進地圖裡，妳有可能永遠找不到。還有那位老路易愛耍神祕，曾經告訴阿公要去外星球居住，可是我阿公說他只會製造髒亂而已……抱歉，沒辦法多幫妳。」年輕人似乎不太願意翻譯這種聽來毫無根據的鄰里閒話。

祖孫兩人走遠了。

瑪莉和我順著阿公指的方向走，只是又走了一大圈仍然看不到任何的建築物。

「哇，這老沙發好漂亮！」瑪莉突然看到路邊的草叢裡，有一張融入綠意的沙發，因為它的顏色本來就和周遭植物的顏色相近，加上又有點潮溼，如果不注意看，根本就看不出雜亂的樹林植被中有一張沙發。

我向瑪莉指的方向跑過去，定睛一看「哇！」我大叫，「我看過這張沙發！」

瑪莉聽了皺皺眉，覺得我是不是因為中暑而昏頭了呀？

我立即啥也不管的跳進草叢，跨著大步，避過咬人草和踢開一堆纏腳的蔓藤，越靠近沙發，越確定我曾坐過這張沙發，「沒錯！這就是那位咖啡先生的沙發！」

瑪莉不肯跟過來，遠遠站著一臉迷惑的樣子。「這就是妳朋友丟的大型垃圾喔？」

「這不是垃圾！這裡就是我們要找的那棟房子的所在！」我大叫。

瑪莉雙手一攤搖搖頭，「房子在哪？我怎麼看不見？」瑪莉轉動著眼珠問我。

我因為太驚訝了，不想理會瑪莉的質疑，並開始檢視沙發。

我先把旁邊的草撥開，因為淋雨潮溼，沙發都長出霉斑了！我繞到沙發後方，發現沙發後頭沒有蓋到金絲絨布的白色棉布都腐朽了，我扯扯已經爛掉垂下一半的棉布，彷彿看到沙發布後頭有些什麼東西。

「喂，沙發中藏了東西……」我跟瑪莉說。

「哇！別看了！我快吐了，我最怕家具發霉了，走吧！我相信妳的故事啦！」瑪莉快失去耐心的直喊著叫我走出草叢。

「我可不會放棄，一定要看看沙發中藏了什麼……」我用手很輕易的就將腐朽的棉布撕開了。

沙發裡頭的東西，讓我完全呆住了。

原來，那裡面有很多各種顏色的絲綢蝴蝶結！雖然每一個蝴蝶結都髒汙潮溼了，卻沒有失去曾有過漂亮的質感。

在蝴蝶結中間，有一張牛皮卷軸，上面打印著很多小星星和畫著咖啡果樹，卷軸的右下方角落有一個古體刻字：

「Réunion」

我差點昏倒了！這是怎麼回事？腦海中突然出現了上一次來巴黎時，所遇見所有的人事物，當然還包括這張沙發的主人。這個奇幻的故事，到底為什麼會發生在我的生命中呢？而我又為什麼會回到這個樹林中，來找一個旁人認為不存在的曾經呢？

好了，我還是先把我上一次到巴黎所遇見的故事講給你聽吧。

整個奇幻的經歷，或許是巧合，或許是刻意的安排，或許你聽完之後完全不相信，但我建議你先聽完再說。因為有些情節看來那麼身歷其境，你一定會問到底這個故事是不是真的呢？

故事得先從一個三百年前的真實歷史場景開始……

一六八一年六月，巴黎東郊的謝勒修道院。

到底是哪些人想來巴黎？

有人為了時尚而來，有人為了藝術而來，有人為了浪漫而來，有人是為了到此一遊（像我就是，一定要寄很多明信片跟所有親朋好友炫耀一下），有人只是經過但並沒有很想要來巴黎……

然而十九歲的瑪莉，她其實是處在百般不願意的傷感中來到巴黎的。她是三百多年前的人，我們只能猜想她的痛楚，看看她的處境，或許可以試著體會她的心情。

她的遭遇是這樣的：

瑪莉在炎夏中的修道院中發抖。

她已經完全不知道，這是因為身子太孱弱，還是修道院的房間太冷而造成的身體顫抖。雖說這個謝勒修道院與皇室關係密切，主持修道院的女主持全是歷代皇室的單身女眷，且這些修女不是公爵便是公主，雖都是金玉之身，但為了顯出勤儉虔誠的形象，修道院中的設備，當然不能與當時太陽王路易十四居住的凡爾賽宮的奢華相比。瑪莉有位姊姊便是在這個修道院出家的，負責照顧從凡爾賽宮搬來修道院休養身體的瑪莉，而瑪莉在修道院中的日常活動和去留，都要經得路易十四批准。所以不管瑪莉想要回凡爾賽宮還是回娘家，除了路易十四的官方批准手諭規定的活動路線之外，修道院裡沒有任何人可以擅自作主讓瑪莉自由來去。

瑪莉的修女姊姊每日來看瑪莉幾回。這天早晨，當姊姊發覺瑪莉來日不多時，忍不住哭了。姊姊先在修道院的小聖堂幫瑪莉祈禱了一番，離開時囑咐小女僕瑪戈，若有任何狀況都要立即通知她。

修女姊姊離開之後的房間，顯得更是清冷。

瑪莉蒼白的臉和嘴唇，只是不斷的發出類似「嗚嗚嗚」或「啊啊啊」斷斷續續急促的呼吸聲，她想停也停不住，總是不時的像是要卯足力氣才能吸一口氣般，接著憋住那口氣在胸中半晌，然後又在一陣狂咳之後，回復成急促的呼吸模式。

瑪莉就這麼個樣兒辛苦的重複著半日了。

小女僕瑪戈拿著剛燒好的熱水進來，用食指和拇指拎起水盆中的熱毛巾，鼓起兩腮試圖吹涼些才好將毛巾擰乾，因為所有的冷水都燒成滾水了，她忘了留一些冷水下來。瑪戈聽著瑪莉因為疼痛嗚咽的聲音，內心感到慌亂不已，她知道瑪莉將熬不過今天了。

瑪莉繼續用虛弱的聲音喊著冷。

小女僕瑪戈只好不停的用熱毛巾給瑪莉擦熱身子，順便將瑪莉身上不停冒出的冷汗拭淨。瑪戈將瑪莉一頭紅色的髮絲撥到她瘦弱肩膀的一邊，輕輕的擦拭完汗水後，再將紅色的長髮抓成束狀攬起，重覆擦乾瑪莉的上半身。

「妳聽！皇帝應該來了吧？」瑪莉突然眼睛一亮，用力的把瑪戈的手推開，急促的呼吸似乎也停止了。瑪莉茫然且無法聚焦的眼神望向窗外，只是她眼神就算怎麼用力的聚焦，好像也無法看得很遠。

瑪莉似乎想看得更清楚，於是用雙手的指腹揉了揉雙眼，她或許只是想製造一些幻想，她以為曾如此疼愛她的皇帝，會應她的要求從凡爾賽宮到巴黎來看看她。

好多天前就要小僕役捎口信去給皇帝，說受著痛楚的瑪莉想見皇帝最後一面。瑪莉說只要皇帝來看她一眼，就算身體再痛也無所謂了。然而凡爾賽宮那邊竟然靜悄悄的一點回應都沒有，皇帝甚至到此刻也未出現，瑪莉身體的痛卻日漸加劇。

瑪莉聽窗外的馬車人雜聲漸漸遠去消失了，理解到並無人為她而至，她費力的半坐起身，舉起兩隻手臂，像有人在她上方吊著隱形的絲線那樣無法自主的左右亂晃，瑪莉用力的把手指伸入蓬鬆凌亂的紅髮絲中，接著所有的失望化成一長聲的嗚咽尖叫……

小女僕瑪戈看到瑪莉這種半瘋的狀態，只能緊握著毛巾，嚇軟跌坐在一旁的椅子上。

這是房間中僅有的一張椅子。

環顧整個房間，也只有一張瑪莉躺著的床，床頭上方有一個釘著耶穌的十字架。瑪莉帶出凡爾賽宮僅此一套的絲緞華服，沒有夠大的木箱或衣櫥可以置放，只能胡亂搭在床腳上。這件漂亮的衣服早就全壓皺了，是被瑪莉自己的雙腳給踏踢得凌亂不堪。小女僕瑪戈瞥了一眼這件漂亮的錦羅綢緞，偷偷想著或許瑪莉再也不需要漂亮的衣服了吧？此時的瑪莉身上僅穿著一套白色的棉質長睡袍，然而也早已被瑪莉自己的汗水、口水和莫名的嘔吐物給弄得又黃又臭了。

小女僕瑪戈哭了起來，無意識般的也顧不得髒，用給瑪莉擦身子的毛巾哽咽著緩緩拭淚。她不敢哭得太大聲，以免瑪莉會更加誇張的幻想著皇帝的到來。就像過去這幾星期的情況，瑪莉歇斯底里的大叫和幻覺，讓人簡直快要精神崩潰，瑪戈已經被瑪莉鬧得好幾天沒闔眼了。

瑪莉突然轉頭回神望著瑪戈。這突然的舉動讓瑪戈嚇得停止哭泣，因為瑪莉的臉實在太蒼白了，她空洞的眼神像極了兩個無底的漩渦，瑪戈摀住眼睛不敢看瑪莉，她怕一不小心就會跌入這巨大的狂亂空洞之眼中……小女僕瑪戈六神無主，她因為過於害怕，卻又找不到辦法解決眼前的混亂，只好輕輕閉上眼睛，握著毛巾的雙手顫抖著舉到胸前，壓著自己怦怦跳的心臟……然而儘管瑪戈看不到瑪莉混濁的眼珠和可怕的表情，但是還是聽得見瑪莉的不規則呼吸聲，更聞得到房間裡充滿的惡臭氣味。其實小女僕瑪戈此時已經不怕這些味道和聲音了，因為還有另一個更讓她不寒而慄的東西飄散在空中……瑪戈開始念著修女姊姊教她的玫瑰經，她想聖母瑪莉亞一定可以趕走房間裡纏繞著瑪莉的鬼怪……

說到這裡，我只能告訴各位，這是真實的歷史故事，不是我杜撰的人物和場景。這位正在承受著身體疼痛的瑪莉，原本是一位紅髮的絕美少女。

她其實並不愛哭，只要看過瑪莉笑容的人，都會對她深深著迷。瑪莉的美麗和天真，在當時的法國絕對無人能敵！我誇張了嗎？一點也不！瑪莉以貴族女公爵身分進凡爾賽宮生活時，被法皇路易十四的弟媳莉絲露特讚譽有佳，這位莉絲露特本是來自德國的公主，嫁給了路易十四的弟弟菲利浦。莉絲露特一生看過無數美女，但當她看到瑪莉・安潔莉克・德・思科瑞這位法國貴族軍官的女兒時，還是忍不住驚為天人！身為法王路易十四弟媳的莉絲露特，甚至還寫了一封信給她德國的貴族親戚們，形容這位當時不過十七歲少女的絕世美貌。尤其是瑪莉那一頭紅髮，絕對可以讓路易十四有重新戀愛的感覺！

年方十七的瑪莉就靠著美貌與紅髮，從原本只是想到宮中找個丈夫的貴族女公爵，一夕翻轉被路易十四選為正式情婦，瑪莉立即踢開所有情敵，成為路易十四皇帝的最愛。

而十五歲的瑪戈，正是從家鄉跟著剛滿十七歲的瑪莉來到凡爾賽宮一起生活的小女僕。除非必要，她們是鮮少來巴黎的。畢竟凡爾賽宮離巴黎市區有十七公里，平常出趟門並不容易，而且年輕的瑪莉只想在凡爾賽宮度過她榮華富貴的一生，因為她在凡爾賽宮所得到的任何東西，都要比巴黎來得更華麗也更昂貴。

然而世間虛華如泡影。

瑪莉在兩次小產之後，莫名生起病來。

對路易十四而言，瑪莉兩年前十七歲時，來到宮中的天真爛漫和一頭天生紅髮的吸引力漸漸都已消失。再者，路易十四素來喜愛聰明、有交際手腕和可以幫忙政事的女性，而漂亮的瑪莉卻只顧著享受奢華生活、著重時尚、花錢如流水，又對學習新事物興趣缺缺，皇帝也就開始對她不耐煩了。

一心想要懷上路易十四的孩子，藉「子」鞏固宮中地位的瑪莉沒能如願。就在第二次產下死胎之後，身體越來越差。

路易十四要瑪莉到巴黎東郊的皇室修道院靜養。或許凡爾賽宮人太多了，在巴黎這座離塵不離城的老修道院，對於治癒或許患了心病的瑪莉有幫助。

明眼人都看得出來，路易十四的安排很現實。一切圍繞在他身邊的人事物，都必須如太陽般明亮，因為他是太陽王啊！一個莫名其妙開始病懨懨的少女，且在宮中樹敵眾多的十九歲官方情婦瑪莉，並不符合皇帝的期望。

而來到巴黎郊區老修道院的瑪莉天天盼著皇帝的拜訪，卻一天天的失望，身體也一天天的孱弱下去。而她卻一心只想告訴皇帝一個祕密，這個祕密只有她和小女僕瑪戈知道，瑪莉計畫如果皇帝來看她，她想用這個祕密交換回到凡爾賽宮的機會，只要她能把這個祕密親口告訴皇帝，她就可以重回凡爾賽宮的生活圈！只是路易十四卻沒有給瑪莉這個機會。路易十四只希望瑪莉能好好走完人生的最後一程，而且最好不要在凡爾賽宮裡結束生命。

這真是太沒人性了，對吧？我只能說更可憐的故事還在後頭。瑪莉入宮時，正值法國凡爾賽宮投毒事件最激烈的時期。當時的貴族很愛占星算命，又愛聽從占卜師的指導，只要不高興誰，就偷偷去占卜師那裡拿毒藥回凡爾賽宮對別人下毒，當時的凡爾賽宮因為許多人中毒而讓宮中生活亂成一團。

年紀輕輕的瑪莉其實一直明白凡爾賽宮中有人下毒之事，但她總以為若是遠離是非圈，不過問其他嬪妃和貴族們的權力欲望，或許就可以躲過被算計的命運。當瑪莉看到許多懷了孕的宮中女貴族們接二連三流產或胎死腹中時，心裡極度恐懼，完全明白是有人想要爭寵而謀害有著皇帝血緣繼承人的詭計。

當瑪莉再度懷孕時，她決定演出流產的戲碼，她偷偷將新生的嬰兒交由小女僕瑪戈的母親撫養，瑪莉想等到身子好些時，再告知皇帝這件事。

只是瑪莉並不知道，這極機密的戲碼挽救了她的孩子，卻沒有拯救自己日漸惡化的健康。

瑪莉被送到了皇家修道院來，說好聽是安養，其實就是等死。

「皇帝可能明天會來吧。」瑪戈禱告完後，啜泣著站起來將毛巾淘淨，又開始幫瑪莉擦掉額上的汗珠。

「妳總是說明天，我等了許多個明天。可是，我想這次沒有明天了。」瑪莉悠悠的說。

「我想皇帝一定會來的，他最喜歡妳幫他設計的蝴蝶結，不是嗎？你們曾經不論穿什麼衣服，都要繫上同一款由妳設計的蝴蝶結……」瑪戈故作輕鬆狀的說。

「以後會有三個蝴蝶結，是吧？兩個大的，一個小的……我都想好樣式及顏色了，皇帝今天來，我就會跟他說要買印度的絲綢布……」瑪莉說到這，便開始大聲的咳嗽。

瑪莉想要起身，但全身充滿著疼痛，她抓著瑪戈的手臂半坐起身，臉突然脹成深紅色，同時間瑪戈聽到修道院前庭又傳來馬車的聲音。小女僕瑪戈機警快速的扶瑪莉躺回床上，接著跑到窗邊探頭看是誰來了。

「孟德斯潘夫人……」小女僕瑪戈摀嘴大叫。

「怎麼是她！妳快走！那個布包包……」瑪莉用盡最後一絲力氣對著小女僕瑪戈喊著。

瑪戈驚慌的提起瑪莉交代她要帶回家鄉的一個大布提袋，和自己幾件細軟的小布包，慌亂到不行的腳步還踢翻了水盆，她關門前看到瑪莉似乎已經失去了知覺，嘴角隱約流出了血……

瑪戈從修道院的洗衣房後頭一個小門，跑到了後方藥草花圃的樹林裡，她的裙邊勾到樹叢的枝子因而撕裂了好大一塊。她發瘋似的什麼也不管的從老修道院一直朝馬恩河的方向跑去。在那兒已經有瑪莉的家人安排好的車夫，隨時等著把瑪戈載回家鄉。

跑得滿身大汗的瑪戈用力搖醒已經在河邊等了好幾天的車夫，她跳上馬車，車夫機警的一鞭擊著馬身，馬車朝南方回家鄉的路上快速駛遠……

看到這裡，各位可能以為我寫的是一部歷史外傳小說，對吧？其實完全不是。現在就要來述說，為什麼我要用路易十四最年輕官方情婦瑪莉的故事來開場。

1 巴黎，我的旅行

我最討厭的就是什麼歷史外傳，或是那種很多集似乎永遠追不完的宮廷劇。

因為宮廷劇或是歷史劇的主題幾乎都是嬪妃亂鬥，要不就是爭寵奪利，不然就是那些皇帝諸侯的政治算計。這些古早的陳年舊事，一但有了野史外傳，大都拚命的加油添醋，一段故事講到天荒地老說不完，囉唆的很！可是就是有很多人愛看，你或許認為西方應該就不會有這些講不完的野史故事吧？

大錯特錯，在德國更是有過之而無不及呢！

前面那位瑪莉就是個例子，三百年前路易十四太陽王的第五位官方情婦的故事。先不說其真偽，聽到「第五位官方情婦」這樣的宮廷男女關係，應該就快昏倒了吧？每天要應付五個女人的生活，不知道是怎樣的狀況？她們會和諧相處的生活嗎？哎喲，怎麼可能啦！就算氣場強大，貴為擁有千軍萬馬和歐洲權勢的路易十四，也一樣被女人的爭風吃醋搞得焦頭爛額。

而且，據說只要成為路易十四的官方情婦（有皇室正式認證的），就可以享有與其他情婦一樣的物質生活，也就是說，一個貴重物品得替所有官方情婦都準備一份，不然皇帝就像是違法一樣，被所有官方情婦視為違約。

哇！這種生活怎麼有辦法愉快啊？既然連主角們都不開心了，讀野史的人哪會開心呢？所以，本人對這類故事一概敬謝不敏。不過，我的德國女友瑪莉卻不這麼認為。

瑪莉和我本來只是點頭之交的鄰居，漸漸發現很聊得來，熟識之後就約定我們每週輪流到對方家一起喝咖啡聊天，這週在她家喝，下週則在我家喝。今天輪到我去瑪莉家，她烘焙了一個櫻桃蛋糕，美味極了！

我們的話題中很多是八卦。我當然愛聽瑪莉講她工作上好笑的故事，比如差點染錯客人頭髮的顏色啦，或是不小心偷聽到客人跟外遇對象講電話啦……說實在的，因為瑪莉的描述語氣太有趣，我總會因她工作上的趣事而笑得東倒西歪。

「我本來還以為德國人都很嚴肅，可是妳工作和生活上發生的故事超好笑的……」我真心這麼認為。

「談到文化，我個人認為我可能是生錯地方，我超喜歡法國的一切，我前世一定是法國人。」瑪莉吃了一口櫻桃蛋糕說。

「喔，前世是法國人也不錯，但可不要像這本妳正在讀的野史小說上的瑪莉就好了，她的命運有夠悽慘！」我指指瑪莉正在讀的法國宮闈幻想小說，三百年前路易十四官方情婦瑪莉的故事，剛剛在等瑪莉泡咖啡時，我把小說拿起來讀了幾頁。

「這妳就不懂其中的樂趣了，這種宮廷野史小說最好看了！而且現在歐洲還有皇室耶，類似的故事至今仍不斷在發生……喔，算了，妳比較高尚，都看哲學類的雜誌吧？這種八卦小說，妳不會有興趣的。」瑪莉虧了我幾句。

「也不是沒興趣，妳不覺得裡面都在亂寫？妳看這本小說的主角瑪莉，我剛上網查了一下，她根本就沒有小孩，她家的族譜到她就斷了。沒有任何資料顯示她有小孩，更別說有個路易十四的孩子了。」對於歷史，我是查詢資料派，與瑪莉的浪漫小說幻想派完全不同。

「我覺得好看就好了呀。而且，就是因為不能讓當時凡爾賽宮中的皇后和情婦們知道她有一個小孩，不然會被暗殺的！」瑪莉笑著說。

「好吧，幻想是自由的。」我對瑪莉的入戲太深只能如此看待。

瑪莉除了愛讀野史小說，也愛研究路易十四時期的時尚，她對於那個時代的所有事物都有興趣，簡直就是個凡爾賽宮貴族服飾控。

「這位路易十四的情婦瑪莉，很有設計髮型和髮飾的天分，當時她在凡爾賽宮的造型和穿搭，帶動了巴黎很大的時尚風潮，我喜歡研究這方面的時尚，大概是因為職業的關係吧。」瑪莉說。

瑪莉又搬出了一堆專業的雜誌，內容是關於路易十四時期的藝術和時尚研究，她更愛到歐洲各博物館去看相關的展覽。

「這些宮廷半幻想小說可沒妳認為的那麼好寫，這裡頭的細節也是得考究的。像這本就寫得不錯，書裡頭這個年代人物的服裝，像這段瑪莉設計蝴蝶結的橋段就是有史料記載的，妳看……」

瑪莉把專業雜誌翻給我看，哇，真的耶！有專門在研究路易十四時期各種蝴蝶結樣式的照片，這些漂亮蝴蝶結的設計讓我大開眼界！

看到瑪莉的用功，印證了德國專業的職技教育體系，讓人一輩子就是從專業開始學習專業上的各種更深入的知識。而其他不專業的事，就是嗜好。所以，各行有各行的專門，只要謹守專業技能，一貫的教育系統深入學習，就形成了職業無貴賤，專業各有成的社會了。

我只能說，路易十四時期的髮型頭飾專業的知識，瑪莉實在很在行，我真的很佩服她。

「喔，對了！」瑪莉突然想起什麼事。

「妳看我多幸運！我參加雜誌舉辦的旅遊大獎問答，得到了巴黎七日遊的免費行程！」瑪莉高興的拿出中獎證明。

「哇！不會吧？居然是八卦雜誌……」我心裡暗叫。

這種沒營養的八卦雜誌，通常是德國超市收銀檯邊上會賣的那種週刊。這期是跟這本以路易十四情婦為主題的歷史幻想小說出版商合作，如果答對這本小說書中情節的十個問題，就可以把回函卡寄到出版社去抽獎，而瑪莉竟然得到了免費巴黎遊大獎！

「哇！這麼幸運！」我聽了跟著開心，雖然心裡覺得這是很無聊的活動。

可是瑪莉卻突然一臉失望的表情。

「妳看這個獎是有限定日期的，從車票到旅館，都只能在限定的期間使用，過期無效。」瑪莉嘆了一口氣，同時又拿出另外一張好像什麼活動的入場券。

「這是我去年就排好的行程：『德國慕尼黑路易十四時尚展』。兩個時間撞期了……」瑪莉搖搖頭。

「妳決定去哪個行程呀？有這麼巧的事。」

「當然是慕尼黑的展覽呀！如果這是個專門展，表示很多相關的物件現在都不在巴黎嘛，那我跑去巴黎看啥咧？」瑪莉用很堅定的語氣說。

「哇，但巴黎之旅放棄也滿可惜的……」我隨口說。

「是啊，所以我問了雜誌社，可不可以轉讓這個旅行？他們說只要出發前把要參加旅行者的資料給他們開票就行了，至於是誰去沒有差。」瑪莉微笑的看著我，還眨了眨眼說。

「喔，不會吧？妳要我去？」我很驚訝。

「只有妳才會讓我願意分享這個幸運獎喔，本來我是想放棄這個獎的。」瑪莉喝了一口咖啡。「而且，這本書裡有講到咖啡，妳又是咖啡專家，巴黎又有很多浪漫的咖啡館。所以，我覺得妳最適合這個旅行了。」可愛的瑪莉以一種「妳絕對不會拒絕」的半強迫態度，堅持要把這個巴黎旅行獎轉讓給我。

我看看出發日期，那一週確實沒事，而且六月的巴黎天氣剛好涼爽舒適，還可以去拜訪那麼多巴黎的美麗咖啡館，又可以幫瑪莉一個忙，分享她的幸運。

「什麼時候要把資料交給雜誌社呢？」我問。

就這樣，我莫名其妙的得到了一趟巴黎遊。尖叫的故事，就從我到巴黎的那天下午開始。

2 巴黎東站

火車由德國出發，抵達巴黎東站。

出發前和雜誌社遞交資料時有點不爽。說是套裝行程，又以為是跟雜誌社聯絡，結果是我的資料，被雜誌社轉去搭配促銷的旅行社接續辦理。

得獎資料上是寫包括來回車票、飯店住宿和巴黎浪漫咖啡店歷史景點介紹行程。結果車票訂位要額外自付、去飯店的車資也要自付。行程方面免費的只有第二天一早幾家具有歷史的咖啡館的介紹，其他幾天的市區行程都得額外自費。

本想跟瑪莉抱怨，甚至打算就放棄不要參加。然而再算一算車票和飯店的總額，如果要自付也算一筆不小的支出。我當下打定主意除了咖啡館介紹的行程之外，當地行程一律不向旅行社購買，自己去逛逛巴黎就好了。旅遊指南或上網搜一些景點資訊也就足夠自助遊好幾天了吧？

瑪莉把她那本八卦雜誌搭配促銷的法國宮廷幻想小說，交給我帶在路上看。

「妳要讀一下喔，裡面有講到咖啡。」瑪莉好意的提醒我。

可是我並非這類小說的愛好者，接受了別人的贈書，只好禮貌性的收下，我把書塞進我滾輪旅行登機箱裡，心想到了巴黎，晚上再把這本拿出來當助眠讀物好了。

巴黎東站的人很多，這裡應該每一天都是旅遊旺季。

我把旅館地址、所有的車票和得獎證明單，這些有的沒的資料全收到一個透明整理夾裡。

剛走出月臺，「要到旅館嗎？」一個穿著牛仔褲、淺藍格子長袖襯衫的金髮青年問我。我假裝微笑，示意不用。心裡暗自稱讚自己很聰明，「哼哼，你是違法載客吧？」出發前在網路上讀到巴黎東站，會有這樣用私家車載客的非法招攬。我用微笑拒絕，他也很禮貌的微笑點點頭，接著就走去問別的旅客了。金髮青年長得挺有氣質的，只是我是一個人旅行，總得當心一點。

走出巴黎東站，先去電影《艾蜜莉的異想世界》中拍自動快照的場景走了一遍，自拍了幾張照片證明到此一遊。之後照著手機的導航往旅館的方向前進，我選擇了搭巴士去旅館。

旅館和東站是十區和十一區的差距，不算遠。第十區裡有聖馬丁運河，這個拿破崙所建的運河有四．六公里長，如果你看過電影，就知道這是艾蜜莉打水漂的那個場景拍攝地。雜誌社安排的旅館在聖馬丁運河區還滿對我胃口的，因為這裡有很多新的自家烘焙咖啡館，有一整個星期的時間，我可以好好品嘗各家不同的咖啡烘焙。

我照著手機導航左彎右拐的終於找到了旅館。喔……怎麼跟我想像的不同？

先說一下我的想像：「旅館房間窗子一打開就可看見聖馬丁運河，樓下有浪漫的露天咖啡館，或許幸運住較高樓層的房間還能欣賞到美麗的落日……」

結果……

這三星的旅館，根本就是一間需要立即重新整修的小旅店，是間超級老式家庭經營的客棧。旅館入口招牌和整個室內的裝潢，可能從一九七〇年之後就沒有改動過。

「因為是旅遊旺季，房間很滿，有運河景觀的房間已經沒有了。」櫃檯戴著一副大眼鏡的大嬸對我說。其實我不能叫人家大嬸，這間旅館可能是家族經營的旅館，這位大嬸三十年前也應該是美美的櫃檯美眉。

「這是你的鑰匙，早餐是七點到十點。」大眼鏡嬸對我說。

我接過鑰匙時真的非常驚訝。因為這把又重又大的銅製鑰匙，真的就是古早年代老旅館的那種鑰匙。鑰匙的最底端是一個重重的圓球，圓球還包著一圈黑色的厚橡膠圈。

既然鑰匙長成這樣，那等著被開啟的門大概也新不到哪兒去吧？果不其然，當我擠進狹窄鋪著已經脫線聚乙烯材質的暗紅色老地毯的老電梯搭到二樓，找到我位於走廊底的房間。用古早大銅鑰匙開啟房門，一開門，房內的景象讓我驚呆了。

3
壓驚排骨蛋炒飯

帶著被房間驚嚇過的心情，我離開旅館外出覓食。

先描述一下這間讓我驚嚇指數破表的房間。這麼說吧，這間旅館的形式就是古代的街角老建築。旅館入口橫切了轉角的一半，老房子也是因為古代的街道彎曲，造成了地上建物也沒辦法方正。所以，我位於走廊底的房間，正是一個不等邊三角形的房間。我住過不少旅館，但這樣不等邊三角形的格局還是頭一次遇到。也就是說，床的位置是在不等邊三角形的最長邊，第一代液晶舊電視和小書桌都在最窄的那一邊，這還不打緊，當我要進入房間時，發現得把行李箱抬高才行，不然就會卡到床緣！因為衣櫥和浴廁占掉了走道空間，導致只能把箱子抬高進房間。

房間那麼小，或許景觀可彌補？當我走到窗前，讓我更驚訝的重點來了，窗外是……旅館後方大型分類垃圾桶的擺放地點！當然在歐洲並不奇怪，因為要做回收的關係，幾乎每戶人家都有數個垃圾桶，旅館就更別說了，一定是超大型的垃圾桶。這些開窗就看到的垃圾桶是有些煞風景，不過還好它們不會發出噪音，尚可忍受，不過這真的跟我想像的旅館景觀有很大的差距呀！

超鬱悶！真想尖叫！

可能因為是促銷免費的活動，才會住到面對超級垃圾桶景觀的房間吧？真的是最便宜的最驚嚇，不過也沒辦法，誰叫我願意參加這個免費的行程啊。

免費的巴黎歷史咖啡館導覽是明早的事，現在還是先去找吃的吧，我的肚子好餓。

走出旅館先朝運河另一邊走去。

六月的歐洲，雖然已經過了傍晚七點，但天色還是亮的。運河邊有各式的小吃啤酒屋，此時既不想吃比薩餅，也不想吃日式拉麵，如果有中式熱炒就好了。因為人在被驚嚇之後，一定會渴望生命中熟悉的東西，這樣才會立即感到溫暖、安全吧？或許這正是壓驚的原理，比現代心理治療有效？咦？真的心想事成！我眼前不正是一家看起來有賣廣式炒飯的飯館。太好了！走進去隨便吃點什麼充饑兼甩掉剛被旅館房間嚇到的心情吧。

原來沒有熱炒。是已經做好的菜放在玻璃櫃，你點了之後，由老闆幫你加熱送到桌上。我點了粉蒸排骨，一碗蛋花玉米湯，還有一盤花素炒飯。

餐館中有另外一桌亞洲面孔的客人，看來是一對情侶。桌旁有兩個旅行箱，看不出來他們是剛抵達還是要離開。

「平常很多亞洲客人？」我在等餐熱時，跟坐在櫃檯的老闆閒聊。

「啊？」老闆似乎沒有聽到我在說什麼，我這才發現他在盯著手機看什麼影片。

「叮鈴！」廚房此時按了鈴通知菜已熱好。年輕的掌櫃跑進去拿出我點的菜，突然看到從廚房裡一位老先生探頭出來看我。我跟老先生微笑點了頭，想必是掌櫃的爸爸？兩人臉型有點像。

「熱騰騰的飯菜香讓我好餓呀！謝謝！大廚子手藝真好啊！」我竟還沒吃就稱讚，看來肚子餓會讓人胡說八道。

「是我的爸爸。」年輕的掌櫃不帶熱情的回了我一句，說完便走回去繼續盯著手機。

還沒吃兩口，大廚爸爸從廚房走出來，客氣的問我口味還可以吧？

「很好，很好。」我客氣的回話。其實能在巴黎想吃中菜時就馬上出現一家，我認為已經很圓滿。

「第一次來巴黎？」穿著白色圍裙的大廚爸爸問我，他正拿著一杯茶在喝。年輕掌櫃似乎很驚訝大廚老爸會跑出來聊天，他把眼光短暫的從手機移開，狐疑的看了老爸一眼。不過手機傳來一陣音樂，年輕掌櫃又馬上將眼神移回手機。

「我來過巴黎好幾次。您已經來到這兒很久了吧？」我問大廚爸爸。

「久囉……久到孫子都出世了。」大廚爸爸的語氣讓我猜不出是高興、悲傷或是感嘆。

「會回家鄉看看？」我邊吃邊問。我大嬸般的聊天法可能讓大廚爸爸感到親切，我還真會起話題，雖然根本也不知道人家的家鄉在哪兒，搞不好他就是在法國出生的也說不定呀。哎呀，反正聊天嘛，又不是考試，問錯題目又不扣分。大廚爸爸一聽我提出的話題，順手拖了張椅子在櫃檯邊坐下，隔著兩張桌子跟我聊起天來。

「老囉，是想回家鄉看看。我家在馬來西亞，是華僑。」大廚爸爸說。喔，難怪他的中文有點廣東口音。

「也好啊，餐館可以交給公子照管，您休息休息。」說著話時，我已經把玉米蛋花湯解決了。

「年輕人有年輕人的想法，如果他們不想繼續，我也不會勉強。我們這周遭的老店都一家一家的賣了或換人經營了，有些店家建築年老失修也都開始重建了。」大廚爸爸話興正濃。

「說起這個，」我放下叉子，「我就住附近的那家老旅社，真的需要重修維護一下，剛剛看到房間以為回到七〇年代。」我立即把在旅社受到的驚嚇與大廚爸爸分享。

「轉角那家？」大廚爸爸搖搖頭說，「自從巴黎市政府要把這區改建成吸引更多觀光客的運河區以來，新建的旅館多好多，像這種老旅社沒錢改建，又沒有繼承者，我看不久後就會被淘汰了。以前運河很髒，現在每十五年整理一次，一些危險老舊的建築都得拆除。」大廚爸爸原來對鄰里店家都很熟。

「沒錯！就算不淘汰也要重新維修一下。嗯～～這個蒸排骨真好吃！」我邊吃邊稱讚了大廚爸爸。

「妳吃，妳吃。」大廚爸爸說著就走進廚房去。原來進來了另外一組客人，年輕掌櫃擺下手機並問客人要吃什麼。

吃飽走出小快餐店，回想了大廚爸爸的話，才明白原來是拿這種沒人要住的老旅社房間來當抽獎促銷的獎項。說真的，要不是免費，我自己花錢住這種房間真的會很悶！

不過什麼事都是一本生意經，羊毛出在羊身上，只有錯買，沒有錯賣的……這些商場經營俚語突然浮現腦海，像智慧手機螢幕般一句句滑過去。看來人類發展的歷史就是跟著如何賺錢在打轉？唉……雖然這種了悟很帶銅臭味，不過看看巴黎的這些輝煌，不也是每個皇帝用錢滾錢堆出來的財富嗎？

想那麼多也沒用，我不過是一介小民，遊走在這種歷史大古城中，只能對這些大國文化建設讚嘆讚嘆，或許人生就是越活越明白自己有多渺小、有多無知外加多無力的過程吧？所以，快樂一點，反正古時候的天塌下來早有人頂住了，現在的天要塌，我也太小咖了，不會輪到我來撐住。咦，我這樣的想法可真沒有擔當，一點也不能當勵志書籍的作者。還好我也從不愛看熱烈光明燦爛的雞湯書，愛喝雞湯倒是真的，只是德國的雞似乎缺了點什麼味道？我也說不上來缺了什麼，反正就是和亞洲的雞煲出來的湯味道不同就是了。

走著走著，聖馬丁運河已華燈初上，有人坐在運河邊聊天或是喝啤酒。我拿出手機，找到電影《艾蜜莉的異想世界》裡頭，女主角艾蜜莉打水漂的景點，在橋邊上拍了一張自拍，傳給了瑪莉：「給妳羨慕一下！感謝妳喲！」在慕尼黑的瑪莉也回傳了她和漂亮蝴蝶結的展場自拍照。

瑪莉回我：「祝玩得愉快！❤」

「謝謝！🙂」我回。

或許你會想我怎麼沒有跟瑪莉抱怨旅館房間的事吧？

西方人有句諺語：「別看贈馬的牙（意即：不要挑剔別人送的禮）。」我也學著點，所以忍住不要跟瑪莉抱怨我的免費旅館房，雖然我這麼有氣質和禮貌，但我同時也狠狠的下了決定，再也不接受這種免費的旅遊招待行程了啦！

4 瑪戈的布提包

沿著運河散步回到旅館，櫃檯的大眼鏡嬸已經下班，換成一位年輕的男生當班。他一看到我就轉身去身後的鑰匙牆上，將我的房間鑰匙交給我。有可能是大眼鏡嬸已經把我這個因德國八卦雜誌中獎而來的房客，描述給男生聽了吧？

擠進很窄的電梯搭到三樓。走到走廊底，開門進了我那間不等邊三角形的房間。剛出門時把窗戶打開了，想讓房間流通點新鮮空氣，因為我總感到有股沉積多年的香菸味。

我走到窗前，在高牆的邊緣上方看到暮色中的夕陽，這大大的橘紅色落日還不錯看！盯著夕陽直到天空的光消失成一條橫跨天際暗淡的灰線，繼而星星慢慢鋪天蓋地成了天空的主角時，我看著暗暗的後巷空地，就對那幾個大垃圾桶沒那麼在意了。

其實，我比較不敢碰的是窗前厚厚的舊窗簾。總覺得如果一拍那窗簾，肯定會有很多灰塵飄起來……所以我決定不拉窗簾就寢。反正外面是單面無窗的白牆壁，沒有面對臨棟建築的窗戶，我就不會成別人的景觀，就算有人來倒垃圾，因為我在比較高的位置，所以根本也看不到我。

正準備就寢時，看見被我塞到箱子夾層的那本路易十四情婦的野史，順手就拿起來靠在床上繼續讀下去，反正我本來就是要帶來助眠的。

嗯……翻一翻書頁，上次我在瑪莉家看到哪章哪頁了？喔，對了，是讀到小女僕瑪戈拿著一個瑪莉交給她的大布提包，那裡頭到底裝的是什麼？

我對法國歷史是一整個它不認識我，我不認識它的狀態，像我這種西洋史零分的讀者，讀這樣的野史感到很吃力。我想起在前面的故事中，被路易十四送到修道院的情婦瑪莉快要死掉的那場景，小女僕跑到窗前，看見一個皇室來的人，立刻嚇得花容失色。翻到那一頁，原來來者名叫「孟德斯潘」。這是誰呀？她們為什麼那麼害怕咧？我好奇上網查查這個讓她們那麼害怕的人是誰。

孟德斯潘夫人……哇！原來是法王路易十四的情婦之一。這位夫人居然是法國投毒歷史事件上最心狠手辣之人呢！而且還喜歡使用巫術的祭拜儀式，哇！最可怕的是這些黑色宗教儀式還會用新生兒當祭品！這、這、這也太恐怖了吧！難怪她一出現，瑪莉就叫瑪戈快逃，要我在現場也會不寒而慄吧？

了解了有關孟德斯潘夫人的資訊，居然覺得很好笑！為什麼？因為本來很討厭宮廷野史小說的本人，居然會對書中人物的真實生平感到興趣。或許以前沒有這種可即時查詢資料的網路的緣故吧？因為看到一長串的外國名字頭就昏了，如果也不知這古代人的背景，一定會對這些故事產生隔著千重山的陌生感。拜現代科技之賜，竟然可以馬上了解這種歷史小說中的人物，這樣我就有興趣繼續讀下去了。

我重新翻回小女僕上了回鄉馬車的那一章，就著房間床頭的小檯燈很微弱的燈光，開始進入三百年前的那場逃亡。

「瑪戈在塵土飛揚且非常顛簸的馬車上，抓緊了那個瑪莉叮囑她要看好的大布提包。大布提包裡頭的東西她其實並不陌生，因為瑪莉說那是瑪戈要替她好好照顧並傳下去的重要東西。

瑪戈在搖晃的馬車裡，把布提包打開看了一眼，那是一個木製的長方形提籠，上方的盒頂是銅絲編的透風口，木盒兩端有可掀開的蓋子，瑪戈掀開了一邊的籠蓋，籠子中有綠油油的葉子，葉子上還有許多一束束白色的花，白花是咖啡樹的花，聞起來很像茉莉花的味道，瑪戈深深的吸了滿鼻的花香。木盒籠中還有一株植物，那是一株小咖啡樹。

瑪戈想起了她與瑪莉在凡爾賽宮的好日子。瑪戈還記得那些平順華麗又燦爛的好日子，因為路易十四被紅髮瑪莉激起了再度戀愛的感覺，他癡迷般的給瑪莉很多額外的金銀財寶，而那些財寶的數量多到，讓這兩個年紀很輕的女孩根本不知珍惜的地步。除了揮金如土，還曾荒謬的玩用金幣打鳥的遊戲。

瑪莉在窗口拿著一把金幣，對準了窗臺上的鳥擲。有時候可以打著，有時只是把小鳥嚇飛。

「瑪戈！快去樓下！我打到鳥了！」瑪莉開心的叫著。

瑪戈笑嘻嘻的奔下樓，準備撿拾花園中被金幣打昏的小鳥。

瑪戈想到這荒唐的過往，嘆了口氣，她知道這樣的日子不會再來了，瑪莉也永遠離她而去了。

瑪戈把咖啡花捧在手心又聞了一遍。她必須把這株咖啡樹按照瑪莉所囑咐的方法照顧長大，同時也要把皇帝根本不知道的女兒撫養長大。這兩個重責落在年紀小小的瑪戈肩上，讓她覺得茫然極了！而且這兩件事，都是極其危險的。只要被任何人知道了，都有立即被殺頭的危險。瑪戈的心情比馬車的顛簸更忐忑，她的未來該怎麼辦？

讀到這邊，我又笑出來了。

本來以為對歷史宮廷小說會開始喜歡，只是這段寫咖啡植物的橋段扯得很離譜。真是大失所望！怎麼說呢？我可是做了功課的，不合理之處是：

路易十四的年輕情婦瑪莉．安潔莉克．德．思科瑞是一六六一年出生，在一六八一年就過世的人。而咖啡是什麼時候才來到巴黎的呢？是一七一四年由荷蘭市長在西班牙王位繼承戰爭之後才送給法皇路易十四的禮物，這個是稍微對咖啡有了解的人都知道的官方歷史啊，所以這個故事根本年份統統弄錯了吧？

這是誰寫的啊？也不考證一下咖啡的歷史？

我把這本德文幻想歷史小說翻到版權頁，喔～～原來是從一本很舊的法文小說翻譯過來的，法文原版出版的時間是一九七五年。

唉，又是一個便宜版權的舊作？原文作者名字叫做路易．M．貝登考……喔，沒聽過，不認識，名不見經傳的小說創作者。這人可能對歷史有些考究，對咖啡可能就差了點考據精神。我想起瑪莉說這本書有咖啡相關的故事情節，如果是這樣的情節，真的有點讓我提不起興趣。

打了一個很大的哈欠，設定好手機的起床鬧鈴，關上燈，我在不等邊三角形的舊旅館房間沉沉睡著了。

5 絲綢咖啡

「滋～～次～～嚓嚓～～卡！碰！」

哇！我一個驚嚇，從熟睡中被這巨大的聲響震得差點從床上跳起來！「厚！這是什麼聲音？」是從窗外傳來的……原來是垃圾車來收垃圾的聲音。忘了關窗子就睡，真的被這垃圾車的起重手臂和倒空大桶子的聲音給嚇醒，睡意全消。

早一點起來也好，早餐可以早一點去吃，吃完早餐再慢慢搭地鐵去免費行程指定的集合地點——凱旋門。

舊旅館的早餐是很簡單的大陸式早餐。起司看來沒有很新鮮，跳過。各種果醬很不錯，不是市售的罐裝果醬，頗有家庭手工果醬粗獷親切的感覺，杏桃和草莓的果醬非常香。法國長棍麵包也很道地，我切了將近半條，當班的大眼鏡嬸走到我桌邊問我要茶還是咖啡時，有多看了麵包一眼，似乎覺得我切太多了，是吧？

管他呢，我又沒有拿起司和火腿，也沒有要吃已經冷掉的白煮蛋……

另外，我當然對旅館的咖啡也沒任何期待，我預測通常就是那種大廠烘焙，保存期限押十二個月，當然也找不到烘焙日期的那種市售咖啡吧？

大眼鏡嬸從廚房走出來，手上拿著的竟是一只瓷咖啡壺。哇！出乎我意料之外！現在很少人用古董瓷壺濾泡咖啡了，可能是老旅館留下來的老用具，沒錢換新的？

「麥赫希！」我用法文道謝。

大眼鏡嬸微微一笑的回應，又忙著招呼另外一桌住客的早餐。

桌上的咖啡杯是先擺好的，杯口朝咖啡盤倒扣著，這在新式的旅館更不常見了，這老旅館的氛圍真的讓我有時光倒流感。

端起咖啡壺，將咖啡杯注滿了咖啡。

咦？我聞到非常濃烈的香氣。這是極品咖啡才有的咖啡香氣。我不敢相信自己的鼻子！不可能吧？很少有旅館願意花錢投資好咖啡，因為商業等級的咖啡豆俗又大碗，咖啡品質雖不頂好，但對咖啡講究的旅行者畢竟不多，只要咖啡是熱的，牛奶沒酸，旅館的咖啡多半沒有什麼好討論。

喔，對了，讓我囉唆一下，好咖啡不能熱熱的喝，因為人的舌頭一旦喝過燙的東西，味覺判斷就會立即被擾亂，所以我要等這杯咖啡涼一點再喝。趁著等咖啡溫度下降時，我又吃了一塊塗滿奶油的杏桃果醬麵包。

我拿起咖啡聞一下，即使溫度下降了，還是有著令人愉悅的香氣。這真的是一種無法用人工香料模擬的咖啡香氣！我從沒有感受過這麼濃烈的咖啡香。不需要解釋，不需要特別加以引導，更不需要碎念如何高品質，這杯咖啡的香氣隨著溫度下降，越來越香。我還是有點懷疑是加了香料，因為大多時候聞起來很棒的咖啡，一入口就讓人大失所望。可能眼前這杯就是這樣？

沒有失望，而且完完全全超過期望。我不敢相信，也不願相信，我會在這家舊旅館喝到這樣品質的咖啡！這咖啡入口之後一點都不咬舌，簡直柔軟的如絲綢！對，你沒聽錯，像是一匹綢緞布料那樣輕盈的躍上口舌間！當我慢慢將咖啡往喉部推送時，我嚴厲的想要嘗到咖啡的刺喉酸澀感，然而這咖啡美麗溫潤的滑過喉嚨，柔柔的滑過胸膛後抵達了胃部。幾秒之後香味的反饋回至舌尖，充滿了整個顱腔，我嘴巴開始不停有滑潤的口水分泌。

整個人開始浸入了全身的舒暢感動，我傻了。

不可能、不可能啦！這麼好的咖啡……等一下！是不是我吃了太多的奶油和果醬？擾亂了味覺？

我站起來到早餐自助檯邊倒了一杯礦泉水。

回到座位，喝水淨口腔。再重複一遍，喝一口咖啡。

這一次，咖啡只是更美味。

「對不起！」我趁大眼鏡嬸走過我桌邊時，想問她這咖啡的牌子，或許是聖馬丁運河這一區的手烘咖啡烘焙坊的咖啡豆？

大眼鏡嬸聽我問這旅館的咖啡在哪兒可以買到時，第一次露出了較友善的笑容。

「沒有賣。」大眼鏡嬸給了本人一個無效答案。

「是自己烘焙的？」我不死心追問。

大眼鏡嬸沒理我走進廚房去忙。似乎她跟誰在廚房說了話，然後走出來一位年輕人。

年輕男孩朝我走來。喂！等一下！我看過這個人！

我的腦袋開始搜尋我在哪裡看過他……

「我知道你是誰！」我對著他說。

他一聽笑了起來。

「昨天我一下火車就遇到你問我要不要搭車！」我說。

「哈，沒錯！」他開朗的笑了起來。

原來他叫皮耶，還是大學生，為了賺生活費做過很多額外的打工工作。

「剛才我阿嬤說妳要問咖啡在哪買？」皮耶問我。

原來大眼鏡嬸是皮耶的阿嬤。

「是啊，這個咖啡的味道太好了！很想知道可否買一些？」我很好奇。

「阿嬤有一位朋友是研究咖啡的人。他年紀很大了，很多人以為他有點瘋狂，每天只說咖啡的故事，或是宣稱他有最好的咖啡，我們都習慣他的言行了。他對於咖啡相關的知識確實很厲害，也會烘焙咖啡。阿嬤都從這位朋友那兒拿咖啡來用，所以是沒有販賣的咖啡。」皮耶用很流利的英語向我解釋。

「那麼我可以直接跟他買咖啡嗎？」我聽了皮耶的描述，立即對這位大眼鏡孄的咖啡朋友起了一千倍的好奇心。

「這我得問問。這位老先生很孤僻，除非是熟識的朋友，不然他不大願意與人交談。阿嬤有時去拿咖啡時會幫他採買些東西送過去，可能年紀大了也不想出門吧。」皮耶聳聳肩說。

「我是一個咖啡師，對咖啡的一切相關知識都很想知道。我剛喝到這咖啡，太厲害的好喝，我非常想了解多一點，如果他有空，我很想跟他學習。但不勉強……」我充滿希望的請求。

「妳今天有旅行社安排的行程對吧？」皮耶問。

「沒錯，等一下要去凱旋門集合。」我看看時間，大概得出發了。

「我問問阿嬤再告訴妳。」皮耶說。

好期待可以拜訪這位絲綢般咖啡的烘焙者。

6 發財樹

我在指定的地點跟旅行社的導遊會合，跟著一群德國來的觀光客一起在巴黎的幾家老咖啡館間遊走，這些巴黎必去的老咖啡館其實都很是觀光客的朝聖地。

這個行程是兩小時，介紹了巴黎六區、七區的幾間美麗有著歷史的老咖啡館。導遊說在一七七〇年之前，巴黎到處是咖啡館，極盛時期甚至多達七百家！

很可惜這些咖啡館在法國大革命時都被摧毀了，行程是在花神咖啡館前解散結束的，不少人於是進到咖啡館去喝一杯咖啡。

只是，我卻一直心繫今早喝過那杯，真希望可以拜訪那位咖啡先生……

這次來巴黎還想去看巴黎植物園，所以我沒進花神咖啡館就直接跑去第五區的巴黎植物園。

為什麼要到植物園？很簡單，還是因為咖啡的緣故。巴黎植物園一六三五年開業時本來是一個種植藥草的植物園，接著這裡開始研究許多從海外殖民省帶回來的各種植物，很多對於自然界裡從天上陸地到海洋物種的科學研究，多半都在這個園所進行。

最重要要畫線的重點來了：

一七一四年荷蘭送給了法國路易十四一棵活生生的咖啡樹，這禮物可是非常珍貴的喔！因為當時的貿易商船，都要歷過很多的水路航程才能到許多地方進行貿易，當荷蘭人在葉門看到咖啡烘焙所帶來的廣大外銷利益時，真的很期望也可以來種幾棵這樣的發財樹，但歐洲的天氣根本長不出咖啡豆，所以送一棵咖啡樹給法國，讓他們做為研究之用。

路易十四收到這個禮物時，非常慎重的要皇室御用的植物學家，開始研究研究有關這植物的一切。

他還因此特別蓋了一座溫室花園，專門照顧這株荷蘭送的咖啡樹。御用植物學家們對咖啡樹的研究不遺餘力，確實讓這棵咖啡樹長出了咖啡花和咖啡果。這棵咖啡樹的研究，讓法國有了更多關於咖啡植物的科學知識，這些知識，也造就了法國在當時將咖啡種子送到海外殖民地去種植培育的計畫，當然這又是另一段的咖啡歷史，這裡暫且不提。

我出發前特別發了一封詢問信給植物園的圖書館，請問館方是否有更多關於咖啡在法國研究發展的歷史？

本來以為會石沉大海的電子郵件，竟然得到了非常詳盡的回覆！盡職的館員竟然將我提出關於咖啡的幾個問題逐一回答，甚至羅列出我還可以在巴黎哪些其他的博物館找到更多相關的原始資訊！巴黎植物園圖書館館員的專業真的讓我太佩服了！我特地寫了感謝信回覆，他們也更客氣的回信說對於我對他們國家的歷史感到興趣，是他們的榮幸，更祝我找到更多關於咖啡在法國相關的歷史。

我很佩服巴黎植物園博物館的服務，這就是真正的教育的精神和態度吧？好令人感動。

我在植物園裡逛了很久，這實在是很棒的地方，到巴黎絕對不能錯過。當然我也去了那座溫室，看到現今溫室中依然種植著咖啡樹。我問工作人員這咖啡樹如果關在溫室中，沒有蜜蜂怎麼授粉呢？正在工作澆水的工作人員說這些咖啡樹因為只是展示種植，不需要採果實，所以有沒有蜜蜂就不是很必要。

走走看看溫室裡的假瀑布和真可可樹、姑婆芋、竹林和寬葉樹，讓我恍然以為到了亞洲呢！

逛完路易十四為咖啡而建的溫室，感覺這位法國太陽王為了發咖啡財確實也做了不少投資。比如御用植物學家的研究經費，以及對海外殖民的的氣候土壤的研究，又大費周章的把咖啡種子送去種植等等，算是很盡責的產品研發概念，當然憑空就發大財的事是從不曾存在過，路易十四和法國的咖啡研究，就可以說明科學邏輯的重要性。

我想起剛剛聽導遊說巴黎法國大革命前，曾經有多達七百家的咖啡館，看來路易十四的投資挺正確，有了商業繁榮就有稅收，所以路易十四在一六九二年就開始在法國開徵咖啡和可可稅。

走在溫室中，突然意識到自己正置身於這段咖啡歷史的發生現場，覺得真有趣。路易十四將咖啡這不可能會在歐洲生長的經濟作物當成了他的發財樹，同時又推動了植物及生物學的蓬勃發展，且支持著很多專家學者的研究，看來很有生意研發頭腦。可是我又很好笑的想到路易十四是有五個老婆的人，為了養家他真的得要好好廣闢財源吧？

真不敢想像當時路易十四要周旋在這麼多心機很深的女性之間的生活，還同時要去打仗和處理皇室的大小事……這位皇帝怎麼沒得到職業過勞病呢？真是想不通。

巴黎植物園的博物館也很棒，我在這個皇室流傳下來且依然受到保護的植物園中，愉快的度過了整個下午。

7

纏頭巾中的祕密

回到旅館，很期待皮耶會給我一些去拜訪咖啡先生的訊息。

「沒有人留言給我嗎？」我問櫃檯已經準備下班的先生。

「沒有。」他回頭看看掛著房間鑰匙木板下方，寫著房間號碼的一格格小方格，我房間號碼的那一格確實是空的。

這種古早旅社放留言條的小方格，在現今各種新式的旅館中已經完全看不到了。手機取代了這些老式的傳訊方式，只要有無線網路，誰還需要打電話到旅館再請櫃檯留言轉交呢？這種超老派的木櫃檯裝潢已很少見。只是，我現在沒有皮耶的電話或電郵，更沒有任何咖啡先生的資訊，我以為皮耶會用這種古老的方式告訴我有無拜訪咖啡先生的可能。

「再見。」櫃檯先生跟我道別。

「再見！」我跟他揮揮手。

這種小旅社的櫃檯人員都是晚上七點左右就下班休息，第二天一早早餐時間才有人來上班。

櫃檯先生推門出去時撐起了雨傘。

啊，原來下起了大雨！我很幸運回到旅館後才下雨。

我不想這麼快回到那不等邊三角形的房間，就在櫃檯邊小茶几旁一組很舊款的絨布沙發坐下，反正這時也沒有其他住客在這兒，我可以隨意翻閱一下小架子上擺著的一些旅遊資訊小傳單。

好奇心讓我發現，裡面有一些完全是上個世紀的舊傳單。不誇張，這些古董級的旅遊資訊簡直可以送進博物館了吧？真怪異它們居然還在這個角落安安靜靜的被存放著。傳單照片裡的人和汽車都是很復古的造型，不過旅遊行程還是差不多，就是巴黎從第一區到第七區的重點旅遊。有套裝的三日遊、巴士遊程，還有博物館導覽遊，當然也少不了巴黎鐵塔、凱旋門和左岸咖啡館……這太有意思了！我再往下翻翻這些竟然沒被當垃圾的小傳單，看看還有沒有更好玩的資訊可以考古。

哇哇哇！這個更厲害了！我看到最下頭有一疊旅遊資訊竟然是一九八三年左右的，這也太離譜了！這家旅館的大眼鏡嬸是不是有囤積症啊？完全不敢相信這些老旅遊資訊傳單還留著！

我慢慢把小茶几旁那個架子上的陳年旅遊小廣告全抽出來看，越看越有進到時光隧道的感覺，那上頭寫的年月日，全都超過三十年了吧？我邊看邊想是哪些人在做這些巴黎的導覽？又是從世界哪個地方來的遊客興致勃勃的參加了這些小旅行呢？也不只有在巴黎的旅行，還有可以搭船的行程，或是長途巴士的廣告，可以帶你去看法國波爾多的酒莊。廣告照片中裝扮復古的人們坐在結實累累的葡萄園中，紅格子餐桌巾上擺著紅酒和起司，人們人手一杯紅得快變黑色的葡萄酒，看來非常快樂的吃喝玩樂著。

這廣告的照片顏色調得也太誇張了，葡萄酒的顏色怎麼那麼暗？但也有可能是年代太久變色的關係？我又換了一張旅遊巴士的廣告，這次有更多復古打扮的人們是在繁花茂盛的野外野餐，紅格餐桌巾鋪在地上，上頭又有調色過深的葡萄酒杯還有長棍麵包。原野草地上有牛，女生多半是金色短髮，穿著呢子布料的套裝，牙齒都很白（因為都在笑），男士們都斜靠在草地上聊天或抽雪茄，小朋友則在玩球。因為是我看不懂的法文，我只能猜是鼓勵巴黎居民到法國南部旅行的巴士行程。

在這些宣傳單下頭，我看見還有一疊較薄的紙張，因為上頭被其他旅行社的宣傳單蓋住，所以被蓋住的部分顏色較淺，沒被蓋住的邊緣則比較深色，而且布滿了灰塵。

好奇的探身把這疊被遺忘在架子深處的小傳單拿起來，吹了吹灰塵，看出來是淺粉紅色底印著黑字的簡單印刷（居然是英文的）：

「咖啡的探索之旅！帶你看在巴黎生長的咖啡樹，而且可以品嘗到世界最優質的咖啡！詳情請向櫃檯人員洽詢。」

文字的空白處有咖啡樹開花的圖，樹上的咖啡果則是套上紅色的印刷。

這可有意思了！這間小旅館居然曾經提供如此的行程！不會是咖啡先生辦的

吧？那我一定要去見咖啡先生啦！可是，這不知道是哪一年的傳單？上面沒有年份，更沒有最低成團人數，也找不到價格，一整個相當簡單資訊不明的傳單。也就是說，這比較像家庭式旅行寫的筆記。

但傳單的數量不少，厚厚的一疊，這只有兩種可能：

①印了傳單後，沒人報名參加。

②報名的人不少，所以加印了許多。

只是為何傳單像是垃圾被丟棄般的被遺忘在這裡？

我抽了一張中間比較沒沾到灰塵的粉紅色咖啡小傳單，接著把這些沒人再需要的旅遊資訊重新放回架子上，決定明天問問。

回到房間，大雨打上房間玻璃窗有斜斜的雨絲。我出門時關掉了冷氣，窗玻璃上有白白的霧氣。這房間一定很潮溼，不然怎麼會反潮？我打開冷氣，立即感覺房間的空氣清新許多。走到窗邊，打開窗戶，外面雨下得很大。

我決定不參加接下來幾天旅行社建議的所有行程，用手機查了巴黎的天氣預報，明後兩天都是下雨天！真是令人掃興。

洗完澡準備睡覺之前，我又看見那本關於宮廷野史的書，我扭開床頭燈，繼續看看接下來這故事發展成怎樣了？瑪戈有沒有回到家鄉？那個祕密的皇室嬰兒又怎樣了？

唉！我不是說和很討厭宮廷劇嗎？怎麼會開始追這本的故事啊？

反正窗外下著大雨，也還睡不著，這時候讀點沒有什麼邏輯的宮廷野史故事書其實不錯：

「瑪戈回到家鄉，按照瑪莉交代吩咐她的一切繼續過著新日子。瑪戈聽說路易十四把瑪莉的遺體葬在巴黎的皇室波特羅雅修道院的御用墓園，皇帝每年會給修道院一筆維護墓園的費用，瑪莉就此與皇室無干無涉。

瑪戈同樣與皇室斷絕了來往，與母親在鄉間獨自撫養著瑪莉的孩子。她守口如瓶，只說這女嬰是自己的孩子，其他一切絕口不提，因為只要消息走漏，稍有閃失，都是極為危險的事。另外，就是那棵瑪莉交給她保護的咖啡樹……」

我打了一個大哈欠。

對於這種沒有任何考據的咖啡故事，還真是興趣缺缺。這作者大概不知道全地球上，就只有歐洲長不出咖啡樹吧？更別說當時的時空是一六八一年，瑪莉怎可能有咖啡樹？又怎麼可能種得出咖啡果實？這真是太離譜了。這本宮廷野史的內容真的有點挑戰到我的咖啡知識神經，讓我完全看不下去。

可是我又被故事情節吸引著，想要知道故事結局如何，揉揉眼睛，暫時忘了咖啡知識這一塊，只想看瑪戈和小嬰孩的劇情發展。

我開始跳頁閱讀，故事來到瑪戈一天晚上哄著小嬰兒睡著的一段：

「她把嬰兒放回床上。看著粉紅色如新鮮蘋果的可愛面頰，瑪戈輕輕撫摸了嬰兒的小臉蛋。瑪戈給火爐撥了撥火，原本要熄的爐火又旺燒了起來。她嘆口氣，看到窗邊放著的咖啡樹，想起了在宮中的這段往事……瑪莉在凡爾賽宮的時候，除了揮金如土，倒是有項專長讓路易十四十分喜愛，那便是瑪莉過人的髮式設計。她總有很多新創意讓髮型變化多端，總是可以搭配漂亮的蝴蝶結髮帶裝飾，吸引也很喜歡裝扮自己的路易十四。

當時皇帝若喜歡哪位女士，就會在領口繫上漂亮的緞帶蝴蝶結，而且會要宮女送去給想要燕好的女士同樣顏色的蝴蝶結，當宮中的貴族們看到這種蝴蝶結暗語，便知道皇帝今晚要與誰共度春宵。

當瑪莉成為路易十四的官方情婦之後，她簡直完全擄獲了皇帝的心，路易十四幾乎天天穿戴著與瑪莉同款同色的蝴蝶結。

這真羨煞了宮中所有的情敵！當然招致的嫉妒也是空前的多。然而正在愛情迸發中的皇帝根本不會理會其他人的感受，瑪莉當然趁此機會更想精進她的髮型造詣和設計蝴蝶結的創意。

直到有一天，瑪莉終於知道除了凡爾賽宮以外，還有更廣大美麗的世界。當她看見來拜訪路易十四的奧圖曼帝國的大使之後，簡直對那些充滿絢麗異國風味的傳統服飾著迷不已！

瑪莉喜歡這些土耳其富商和大使的穿著，尤其是土耳其人的纏頭巾，讓她想要試試。還有奧圖曼帝國所輸入法國販售的香料和布料，都讓瑪莉和當時的貴族們吹起了一陣奧圖曼異國風。

有這麼一天，來了一位纏著頭巾的小伙子，他是跟著某位富商從中東到凡爾賽宮作客的隨從小僕役。他和瑪戈挺熟，每回到凡爾賽宮就會帶來一些新奇的香料和布料送給瑪戈，小女僕瑪戈自然就把小伙子也介紹給瑪莉認識。瑪莉十分喜歡聽這位會說一點法文的土耳其小伙子說他家鄉的事，並很好奇的問他為什麼他們那麼喜歡喝咖啡？因為當時凡爾賽宮的所有人，從皇帝到貴族，沒人愛喝苦苦的咖啡。

「與其問我們為什麼愛喝咖啡，還不如說這咖啡植物本身也是一種美麗。妳們不知道咖啡樹會長出很香的花，咖啡樹白色的花比中國的茉莉還香。」土耳其小伙子說。

瑪莉聽了極有興趣。

「真的嗎？你下次帶幾朵給我聞。」瑪莉天真的要求。

「這我可不敢。這些植物根本沒辦法帶來，在途中就會活不了。而且咖啡只能帶熟豆上船，帶生豆來是不可能的，一旦被發現我可能性命不保。」土耳其小伙子搖搖頭的拒絕。

越是如此說，越讓瑪莉想要看看咖啡這植物的本體。

「我也喜歡你們絲綢的紅色，那種紅跟法國的紅又不同……」瑪莉說。

「咖啡果實的紅就是我們絲綢的紅，可惜法國種不出咖啡樹。」土耳其小伙子看來見多識廣。瑪莉和瑪戈雖然在凡爾賽宮見過稀世珍寶，但是卻從沒有見過活生生的咖啡樹。

「如果你們真的想看咖啡的果實，我下次來偷給你們帶上幾顆吧。」土耳其小伙子居然做出了這樣的承諾。

瑪莉是公認沒有什麼頭腦的一級美女，她只知玩樂揮霍，無知天真的思維每每讓宮中的貴族搖頭嘆息。

瑪莉的粗線條，可以讓本來是情敵的孟德斯潘夫人和曼特儂夫人（注：路易十四皇子的教母，後來成為路易十四最後一任未被教廷承認的配偶）彼此同情對方被這位無知的小妹妹情婦打敗，而聯合起來建言路易十四不要對瑪莉過於放縱。

瑪莉雖然天真無知，但還是知道對於危及生命危險的祕密得少說一些。就在隔年，土耳其小伙子再度跟著富商來訪時，給瑪莉帶來了可愛的禮物，他把幾顆咖啡果實藏在纏頭巾中，悄悄的偷渡送給了想要看咖啡果實紅的瑪莉。

土耳其小伙子用圖解的方式畫下了他所知道咖啡種植的方法，再三叮囑瑪莉絕對不可讓人知道有咖啡種子這件事，不然此般重大的走私罪，涉案人可會統統沒命！

瑪莉很用心的照顧這些咖啡果實種子，因為凡爾賽宮裡冬天有爐火，不會凍著植物，這對咖啡樹特別重要。幸運的瑪莉，竟然種活了一棵小小的咖啡樹……」

讀到這兒，我真想大笑。纏頭巾可以走私咖啡種子！這似乎不太可能吧？而且當時奧圖曼帝國就有這麼厲害的咖啡種植知識？

我上網查看，奧圖曼帝國和法國的交情一直是建立在通商的貿易之上，而文化交流部分簡直就是一團亂。路易十四只想賣東西給奧圖曼帝國，而奧圖曼卻同時也想把咖啡推銷給法國，在各有一本生意經的情況下，咖啡的推廣真是困難重重。幸好奧圖曼帝國的索里曼．阿嘎大使有生意頭腦，跑到巴黎開始推廣咖啡館文化，根本不在意路易十四喜不喜歡喝咖啡。經過這位大使的推廣，才讓咖啡慢慢的在巴黎開始受到廣大的歡迎。

至於這個纏頭巾偷渡咖啡種子的故事，完全是作者自己幻想的吧？

再打一個大哈欠，窗外的雨聲真清楚，隨著雨的韻律，我睡著了。

8 皮耶的收藏

我起了大早，第一個到樓下吃早餐。

不用說你也猜得到，當然是為了好喝的咖啡呀！

其實，我一直認為旅館如果能對咖啡品質講究些，絕對可以讓旅行的人感到心曠神怡。怎麼說呢？

①離鄉在外的人，不管工作或是旅行閒晃，早上起來若是能品嘗到一杯好咖啡，心情從一天的開始就會很好。

②帶著好心情出門的旅客，也會心情很好的看待這整個世界。

③當旅行者心情很好時，就可能會喜歡上周遭環境的一切，或許可能帶動消費，也更可能會愛上這個正在旅行的國家，因而再度造訪吧？

看了我的旅遊觀光論述，是不是覺得太天真了？我只能說遇見好咖啡確實是能讓旅行者開心。一杯好咖啡裡頭的所有好元素，不是已經科學證明是可以讓人快樂嗎？

我選了跟昨天一樣靠窗的座位，窗外的雨還是綿綿不斷的下著，如果今天無法見到咖啡先生，我得安排一下看要去參觀哪個博物館。

「咖啡？」不知何時大眼鏡嬸出現在我身旁問。

「是的，是的！謝謝！」我高興的說。

她走進廚房去了。

我不好跑進廚房去，只能在座位上想像大眼鏡嬸開始倒出咖啡熟豆、研磨、再倒進咖啡瓷壺中，接著用熱水濾泡……

「嘿！你早！」

原來是皮耶。這位大學生可真勤勞，除了開 Uber（我本來以為皮耶開的是違法車，結果被糾正，他是兼職的 Uber 司機），還要來幫大眼鏡嬸的旅館業務。

如果皮耶有空，我還有一大堆問題準備好想問他。

「我問了我阿嬤關於咖啡先生的事。」皮耶幫我拿咖啡瓷壺過來。

「快說我可以見到咖啡先生！」我故意激動的說。

說完，我趕緊喝了一口咖啡。嗯～～果真沒讓我失望，真的是一杯超高品質的好咖啡！

「我阿嬤剛好沒咖啡了，要我幫忙去拿咖啡。如果妳願意的話，我們可以一起去。」皮耶邀請我。

不用說，我高興得跳起來，當然要去！

「不過是明天，我今天還要開車打工。」皮耶客氣的說。

「太～～感謝啦！」我高興得差點要尖叫。

「那妳先用早餐，我得去準備出車。」皮耶說。

「如果你有空，我有很多問題想問。」我真是個煩人的旅館住客。

「沒問題，我就在旅館後方的停車場。如果妳有空可以過來看看我的收藏。」皮耶說完就去準備他的出車工作。

收藏？皮耶這個勤勞的大學生會收藏什麼呢？他不是要去載客嗎？我喝了一口好喝的咖啡，真想再喝一壺，可是這樣太沒氣質了吧？好咖啡被我牛飲，絕對不像是會品嘗咖啡的人吧？

有人送來新鮮的可頌麵包，我馬上拿來配好吃的果醬，再慢慢的喝著完美的咖啡，令人感到太幸福。

吃完早餐，本來想找個機會詢問大眼鏡嬸，關於昨晚發現的那張咖啡旅遊行程傳單的事，可是有許多住客都來吃早餐了，她忙進忙出，我也就不好打擾。

推開門，走出旅館我繞過轉角，朝旅館旁一個「停車場」的招牌走過去。轉進一塊空地，那裡有一排很老式的簡易車庫。這種車庫多半沒有電動門，只有一個軌道和一個拉繩來將整個車庫門順著天花板的軌道拉開，連車庫都是古董級的設備。

除了旅館住客的幾輛車之外，我沒有看見皮耶。或許他已經去載客了吧？

「嘿，這裡！」

原來皮耶是在那排車庫後頭，一個像維修空間的大倉庫那邊，我跟他招招手走了過去。

「歡迎來看我的收藏。」皮耶邊說邊把身後一個舊倉庫滾輪門推開。

「啊！」我的嘴把張很大，原來皮耶說的收藏是這些……

「今天開這輛出去。」皮耶指指一輛綠色的老積架車。

「這些古董車是你的收藏？」我摀住嘴驚訝的說。

我看到的是大約有十輛不同年代和不同款式的古董車，保養得很好，看起來很新。這樣的古董車收藏，一定要是富豪級的人才有可能辦得到吧？

「這些都不是我的車，是阿嬤家族中每一個親人所使用過的車子，我們一代傳一代，到了這代我的工作就是去維護它們。」皮耶跟我解釋。

「我暑假就來把它們整理一下，我和家人朋友們都覺得這些車擺著不開很可惜，所以成立了一個古董車的 Uber 車隊，想懷舊的乘客可以跟我們叫車。」皮耶解說了一番。

「真的是很棒的創意！」我讚嘆著。

「維修保養這些古董車很花錢，所以也要創造一些收入。」皮耶笑著說。

我完全相信皮耶的話，因為在歐洲有不少古董車迷，修一輛古董車的價格都是以五萬歐元起跳，而且還要找相符年代生產的配件，花的時間金錢超多，絕不是便宜的嗜好。

「還好今天沒人訂敞篷車，我真擔心下大雨會漏水。」皮耶看看錶。

「那明天見！」我趕快識相的讓皮耶去載客人。

我們約好明天早餐後出發去拿咖啡。

當我走回旅館大門的時候，雨竟然變大了！

我跑進旅館，直接回房間。正當步出電梯的時候，隱約看見有人從我的房間跑出來，一閃就從逃生梯那邊失去了蹤影。

是房間清掃人員？我沒有看見房門外有清掃用具的推車，難道是有人侵入我房間？

慢慢走近我的房間，果真房門是半開的。輕輕的推開門，超擔心還有陌生人在裡面。

還好房間沒有被翻動的痕跡，跟我下樓吃早餐前一樣，行李箱也好好的沒被打開，但床鋪有點亂。咦？我那本關於路易十四情婦的野史小說呢？昨晚放在床頭櫃上，現在不見蹤影了？

難道是個雅賊？是個喜愛宮廷肥皂劇情的讀者？

當把視線移到電視前時，看見小說放在電視桌上，書翻開反叩的放著，而桌前的椅子被拉開，呈現有點斜放的狀態，這景象讓我覺得剛剛有人坐在房裡讀這本書。

我走過去，把反叩的書拿起來，不是我昨晚讀的那一頁，這一章是已經講到路易十五開始研究咖啡，並三次將咖啡種子送去波旁島種植的故事。

這太可怕了，有人進到我的房間，我得下樓去告訴大眼鏡嬸！我一轉身，突然發現身後有個人堵住去路！

我尖叫！

9 黃金屋

「啊～～～～!!」對方和我一起尖叫！

「對不起！對不起！」房間清潔員小姐大叫。

我驚魂未定的拍拍胸口。

「還好是妳！我以為有人闖入我房間！」我喘口大氣說。

「我開了妳的房門後，想到忘了拿對面那間的鑰匙，所以就下樓去拿……」清潔小姐邊說邊推開逃生梯的門，她把清潔車推到房門口。

「所以妳剛才只是先把門打開？」我問。

「對。有發生什麼事嗎？」她問。

「我以為是有什麼人闖入。」我鬆口氣說。

清潔員小姐客氣的問我是否先清潔別間？我說反正要出門了，妳進來沒問題。

走樓梯到樓下，看見大眼鏡嬸正在整理我昨晚看的那些旅遊小宣傳單。

「我拿了一張這個。」拿出那張咖啡行程的單子給大眼鏡嬸看。

她的表情有些愣住。

「這是很久以前的傳單，現在沒有提供這個行程了。」她客氣的說。

「真可惜，沒趕上這個好行程。」我說。

「其實我就要退休了。」她推推眼鏡說。

我看著大眼鏡嬸，想形容一下她的長相：

有點瘦，臉型是瓜子臉，或許年輕時是位好看的美女。頭髮應該是染過的金髮，又或許她本來就是這個髮色？因為她的眼珠是碧藍色的，藍藍的眼珠很靈活，跟人說話時都閃爍著一種溫柔的眼光。我常常在想：「人的皮膚會慢慢抵抗不住的心引力而有皺紋，只有眼珠不會。」但這句話不是我發明的，而是從張愛玲的小說中而來。現在體會女人的歲月，可以用這段話總結：「不管女人年紀多大，眼中的歲月，依然會永遠停留在還沒老的青春裡。」女人會把青春的眼睛帶到老年，因為女人越老，就會越發看見心靈中那些已經消失卻又不曾逝去的青春。

當然後面這段是我的感想，跟張愛玲無關。

大眼鏡嬸的髮型是六〇年代復古造型那種長度到脖子中間，由內往外吹捲的弧度，整體很整齊不會亂翹。她的穿著也很有復古風，質料好的連身裙，胸線以下的腰身用好看的皮帶繫著。我想到造型設計界有「女人胸部以下都是腰」的說法，大眼鏡嬸的穿搭，真的很能襯托她的氣質並掩蓋身材的缺點。所以整體說來，若定論她是很好看、風姿綽約的大齡女子也不為過。我腦中想像如果她乘坐任何一輛剛才我看到的那些古董車，一定整個充滿著復古的情懷！完美到簡直就像時空膠囊的狀態也不為過……

「祝妳今天愉快！」大眼鏡嬸對我說。

這時我才回神，追問說：「這咖啡行程真的不再推出了嗎？」

「這些都是明天要送回收的紙張，祝妳旅行愉快。」大眼鏡嬸客氣的說。

自知再問下去也是自討沒趣，只好道謝後轉身出門。

今天的行程也已經確定了，是要去法國巴黎國家圖書館找資料，當然是跟咖啡有關的資料，我有很多關於咖啡歷史演變的問題，在網路上根本查不到答案。

因為網路看起來提供了很多答案，但卻看不出這些答案到底哪個是真，哪個是假。更有趣的是，當網路上查到的答案透過源頭的原始資料印證之後，總是錯誤百出！這真的很讓我氣結。所以，這次來巴黎的目的之一，要去法國國家圖書館找一找咖啡相關的原始資料。你或許想問要「原始」到什麼地步，對吧？我的標準是要越接近真實，確實存在過的那種原始資料。最好是能看到、摸到。絕不能是虛擬的資訊。

「妳說要找什麼？」國家圖書館櫃檯的男生問我。

「跟咖啡有關的，之前我已經寫信去植物園博物館詢問了，他們列舉了大概可以查到相關訊息的巴黎圖書館的資訊給我。BnF（法國國家圖書館密特朗館）也在列舉的名單中。」我拿出來巴黎之前與植物園博物館聯繫的電子郵件列印。

櫃檯男生看了看，確定是植物園博物館提供的資訊。他跟我解釋大概可以在哪些圖書室找到哪些有關咖啡的館藏，解說得非常詳細，看來要在這個好大的圖書館找資料，得花上很多時間呢！

先說一下 BnF 的構造。密特朗館是由四棟大建築所構成的圖書館，每棟建築的造型是一本書翻開的樣子，圖書館藏全都被分類在這四座玻璃帷幕建築的書塔中，愛書的人一定會很喜歡這樣的地方吧！簡直就像被四本傳述人類文明知識的大書圍在中間，好幸福呀！我也想到中國古代就說過書是黃金屋，能夠珍視書和知識的，就是聰明美好的國度。

想到這兒，其實蠻感謝瑪莉送我這趟免費巴黎自由行，回去也要建議瑪莉到 BnF 來找找她所需要路易十四時期相關時尚的原始資料書，一定很過癮！

當我正要朝櫃檯男生建議的第一個閱覽室走去時，突然被叫住了。

「請等一下！」

我以為我忘了付閱覽費用，這要去哪裡買票？

櫃檯男生跟我揮手。

「我同事說專業的咖啡相關書籍是在另一個閱覽室。」他指指身旁正拿著咖啡的一位男士。

「妳跟我來這邊，這裡是關於植物學和自然科學的閱覽室，應該比較符合妳的需求。」咖啡男士對我說。

哇！我真好運！怎麼遇見那麼多幫助我的人。

他帶我到一間閱覽室，要我先進去看看是否有我在找的書。

我看了後出來，「沒有，這些出版品都是一般的資訊。」我跟咖啡男士說。

他想了一下，又帶我到歷史文化的分類閱覽室。

還是沒有。

「妳需要進到館藏檔案室找資料才行。」咖啡男士下了結論。

「真的嗎？」我嚇到。館藏檔案室進去前要先經過審核，我可以嗎？

「妳要先到申請櫃檯辦理，也要通過一個資格審驗。」咖啡男士原來就是這個審核櫃檯的館員。

他問了我幾個專業申請的問題，要我提供我的著作，還有維也納咖啡學院咖啡師資格的證明，最後核准了我進入館藏檔案室。

我得到了一張電子通行卡，用這張卡，進入了一個銅牆鐵壁的圖書世界。

其實，進到館藏檔案室一點也不稀奇，法國國家圖書館的密特朗分館是世界上很多研究學者來找資料的地方。只是，我很幸運的可以通過資格審驗，應該是我的咖啡老師，那位已經過世的艾教授在天上發神威保佑吧？我用電子通行卡先進入一座專用的電梯，又經過了好幾層安全檢查門和往地下數層的電扶梯，才來到了厚厚防火門後的館藏檔案室。

我超驚訝看到每個主題的閱覽室中，坐滿了許多人在看書，簡直座無虛席。看見很多大學生模樣的年輕男女正在用筆電打著資料，桌旁擺著一高疊的書。

我被安排到文化歷史檔案區，到櫃檯報到後就被告知座位的號碼，只需要在那邊等著我申請的書從書塔中取出即可。

鄰座的先生，很認真的閱讀著很多有飛機大砲的軍事武器專門雜誌……這裡真是各路研究者的書籍天堂啊！

再看看我座位另一邊的男生，似乎正在寫論文的樣子，他借了很多專業書籍在閱讀，然後神情專注的用筆電打著字。

這個防護森嚴的特殊地下館藏檔案室，有好多人在挖掘著深層的知識研究，非常非常安靜……

等了約四十分鐘，我訂閱的書從書塔中取出了。

內心無比激動！

當我看到路易十四在一六九二年，第一次在法國對咖啡、可可和各種香料的徵稅公報！上面還有御印耶！一種無聲的熱力從我的身體蔓延開來！這種觸碰到真實歷史的悸動，如同從心底爆發出如核子彈蕈狀雲般的震撼……這是種良性的摧毀，讓我徹底重新建構自己對咖啡歷史的認識，也是一種被摧毀後美麗的重建，讓我真實的再次對咖啡這迷人的植物，於地球上大遷移有了更完整的時間軸版圖。

旁邊的武器軍事迷先生又翻了一頁照片，我偷看到是一個發射飛彈的照片。我當然不可能知道這位先生要摧毀和重建什麼，只能確定任何製造業中，或多或少一定會有以咖啡當原料的部分吧？武器一定也不例外，咖啡的用途幾乎無處不在，難怪路易十四也對這發財樹如此心嚮往之……

回到旅館時，櫃檯先生叫住我說今天有留言。

拿過他從鑰匙小木格給我的紙本留言時覺得很新鮮，這種老派的留言方式突然有種很溫暖的感覺。因為一張簡單的紙張，有留言者的字跡，有櫃檯先生的轉交動作，還有我接過來時說謝謝的回應。這像是牽動的美麗絲線，每一個移動都有溫度。這是電子數據交換機、伺服器和沒電就不能用的手機不能相比的。

打開紙條，是皮耶的手寫字條：

「明早九點車庫見，晚安，皮耶。」

上了樓，發現我的不等邊三角形房間被整理得很乾淨。

咦？奇怪的是電視桌上的書又被反叩在那兒，並不是我早上去吃早餐前的位置，我確定書是放在床頭櫃上的，而且晚上我也沒有坐著閱讀的習慣，清掃的小姐當然更沒有動到那本書，這真是令我感到太奇怪了。

是否有人進我的房間？到底有沒有人偷偷在讀這本書？如果是有人在讀，那他懂德文？因為書並非是法文。

到底會是誰呢？還是我昏頭自己將書拿過去放的呢？也許想太多了，還是等明天一早去拜訪咖啡先生比較重要。

天氣真熱，我關掉過冷的空調，開了窗戶入睡，我好怕吹冷氣睡覺會感冒。雖然熱到一個姿勢可能躺不了太久，但有可能是太累了，竟緩緩睡著且一夜無夢。

10 奧圖曼帝國的咖啡生意經

大眼鏡嬸今天早上沒出現在廚房，是一位體型圓圓可愛的阿姨打理住客的早餐。圓圓阿姨的瓷壺咖啡濾泡技巧就差了一些，和大眼鏡嬸真的沒得比。好咖啡從研磨到濾泡一定要精準，才能守得住一杯好咖啡。

然而圓圓阿姨笑起來很爽朗，光看她的粉紅臉頰和聽她的笑聲，心情就能完全受到正能量的感染。

看了氣象預報，今天將是個豔陽好天，真是太棒了！想到要去拜訪咖啡先生，學習更多的咖啡知識，心裡真的超級期待！

吃完早餐，看看時間還早，回到房間，我把野史書又拿起來讀一下，書中偷渡來的咖啡種子種活之後，到底有沒有長出果實呢？瑪莉到底有沒有親眼看見她想看見咖啡果實的紅呢？接下來書中的故事我只能說作者真的很會掰，完全沒有說服力！

反正只是殺時間，將就讀讀好了。因為細節描述太多，我就將故事大意摘重要的部分轉述如下：

「自從種子發出嫩芽後，瑪莉就像照顧小嬰兒般的細心呵護著小咖啡樹。瑪莉單純的只想把咖啡樹種出果實，來看看是否為絲綢般的紅色，其他一切都不重要。瑪戈就負責澆水，天冷時就把小咖啡樹移到較暖的壁爐邊。

兩年後，小咖啡樹真的有長高，葉子也很茂盛。

瑪莉知道路易十四曾經和奧圖曼帝國派駐法國的大使索里曼・阿嘎意見不合，奧圖曼的這位大使也立即離開凡爾賽宮，回到巴黎開始布局開咖啡館的商業計畫，而他的高超商業頭腦，讓巴黎立即有數百家的咖啡館，做起了咖啡生意。奧圖曼帝國也順利的繼法國馬賽風行的咖啡館之後，讓巴黎人對喝咖啡產生了極大的興趣。有咖啡館，就得買咖啡豆，奧圖曼帝國的生意經便是絕不出售生豆，堅持在中東烘焙好咖啡之後才出口到歐洲。正因為如此，奧圖曼帝國更能用咖啡控制整個歐洲的咖啡營收，而且奧圖曼大使認為法國傳統的沙龍是貴族們聚集的場所，只有特定人士才會進出，而咖啡館則是沒有門檻限制的公共場所，只要愛喝的人都可以進來喝杯咖啡。這個普及的效益是很有市場威力的，咖啡館立即成了財源滾滾賺錢的好生意。

路易十四過了一陣子之後才發現，在這個商業咖啡進口生意下的法國皇室，是處於經濟弱勢的一方，所以徵召了許多居住在阿拉伯一帶的法國貴族和富商，一起來研究如何因應的商業大計。

瑪莉當然不可能，也不想告訴皇帝，她收到奧圖曼帝國纏頭小伙子送咖啡種子一事，更不能冒險的讓別人知道她成功種出了小咖啡樹，她只想等到咖啡結出果實的時候，再給路易十四一個驚喜。

可是，事與願違。

瑪莉最終病死在巴黎的皇家修道院。

小女僕瑪戈在巴黎奧圖曼大使所開的咖啡館中，遇見了在裡面工作的中東纏頭小伙子，他聽說了瑪莉的處境，偷偷送了些自己種的咖啡樹所開的白花，到修道院給瑪莉聞聞，可惜果實尚青未熟，瑪莉感到遺憾，瑪戈則依瑪莉的遺願將咖啡樹帶回家鄉繼續栽種。

前面提到中東纏頭小伙子把一切所知道的咖啡知識全告訴了瑪戈，然而種植的方法沒有記錄下來，以後忘了怎麼辦？幸好瑪莉養病的皇室修道院中，有許多擅長抄寫經文的修女，於是瑪莉請修女把這些種植和結果實之後處理的方法，都謄寫成了卷軸，讓瑪戈可以日後照著處理咖啡生豆。

小女僕瑪戈細心的將孩子養大，也在回鄉七年之後，看到了成熟的咖啡果實。那樣的紅色，就是奧圖曼帝國絲綢緞料的紅。當瑪戈再看到這果實時，想起了病死巴黎的瑪莉，傷心的大哭起來……

我闔上書。原來巴黎的浪漫咖啡館，就是奧圖曼帝國的咖啡生意經所創造出來的連鎖加盟店生意呢！我以前還真的沒有想過是這麼一段歷史！

可是，這故事還是不能說服我歐洲長不出咖啡的事實。

我看了一下手機的時間，哇！快九點了啦！

我快步跑下樓。

11 沒有名字的路

如果說這次來巴黎，什麼事可以讓我真心的感到想藏都藏不住的高興，那便是這一樁：

我坐進由皮耶駕駛的紅色老敞篷車，橫越巴黎市區！哈哈，那真的太過癮了！馬路上的人都在看我耶～～喔，不是，他們是在看這輛古董車啦。

為了配合這個復古風的場景，我從背包中拉出我皺巴巴的圍巾，把圍巾當頭巾在下巴綁緊，再拿出我的太陽眼鏡，簡直就是自我陶醉的在演復古人嘛！

「哈！太棒了，很像我阿嬤年輕的時候。」皮耶很搞笑的說。

什麼!?我這麼一打扮像年輕時的大眼鏡嬸？

哈哈哈！我真的笑了！

「我從新聞上得知，巴黎不是因為空汙問題不准老車入城嗎？這輛車已經幾歲了？怎麼可以開上街？」我好奇問道。

「需要特別許可證，這輛車是古董車，要檢查引擎的狀況。古董車的擁有者都會把車維修得合於標準，而且古董車也不會經常使用，今天剛好利用這機會出來放放風。」皮耶跟我解釋。

原來如此。

我怎麼那麼幸運，居然化身成只在老電影場景中看過的復古人啊！搭配著巴黎的街景，這輛超級好看的紅色老古董車，真的給巴黎帶來一個很可愛又漂亮的城市風情。

原來這輛紅色敞篷車，是大眼鏡嬸十八歲考上駕照時父母送的禮物，現在交由皮耶維護管理，維護這些古董車真的很昂貴，是我連想都不敢想的奢侈開銷，能夠搭上且在巴黎遊一圈，真的今晚會帶著微笑入夢。

我們從市區轉了一圈又回到運河區的另一邊，這裡似乎越來越像郊區，沿著運河開著開著不知開到哪裡了。

「得找一下，我根本不記得他住在哪兒……」皮耶說。

咦？古董車上沒有導航系統我了解，皮耶也沒有用手機？

「我知道妳在想什麼。」皮耶笑著說。

「我哪有想什麼？」我假裝他沒猜中我的心事，把太陽眼鏡拿下來，看看四周只有樹林沒別的了。

「我阿嬤今天有約醫師做身體檢查，所以不能帶我們一起來找咖啡先生。她說小紅車已經來過很多次了，它會引領我們到達的。」皮耶說著打開巴黎市郊的圖。

「我可以幫忙嗎？」我想或許可以幫忙查地圖。

「感謝，可是咖啡先生家沒有地址。」皮耶邊說邊讀著地圖。

沒有地址？這年代還有這種沒有地址的地方嗎？

「啊，應該在剛才那條小路左轉進去那條小徑才對……」皮耶說。

「真的連衛星座標都沒有？還真的是遠古時代的人……」我不太相信。

其實，我雖然來過巴黎幾次，但從來沒來過郊區，我不知道距離巴黎這麼近的地方會有這樣大的公園和森林。皮耶找路我幫不上忙，索性拿出市區旅遊的地圖，回味我剛才陶醉於扮演復古人的巴黎觀光客路線：從巴黎第十區聖馬丁運河，到了第七區的波旁區……喔，你如果問我這第七區有什麼？就是那個巴黎鐵塔啊！接著皮耶東繞西繞的經過第六和第五區，來到了十二區。

我簡直根本分不清楚方向了。

「十二區有座森林，叫做……」我歪頭看看地圖。

「文森森林。」皮耶很快的幫我回答。

「這裡很舒服！我從來不知道巴黎近郊有這麼清新的地方！」我感到驚訝。

「幸好巴黎有這一片森林，不然空汙更嚴重。」皮耶搖搖頭。

可是皮耶說我們還要再往前，繞過整座森林公園，因為咖啡先生是住在森林邊緣的某處，而且整座森林車子不能開進去，逛公園得搭園內的環保電動公車。

「咦？這裡有一條河？」我很好奇。

「是啊，馬恩河。」皮耶一邊認路，一邊回答我。

「馬恩河？喔……嗯……我好像最近在哪兒看過這條河……」一時間對這條河的名字又陌生又熟悉。

「這片森林以前是皇室夏天從事戶外活動的地方，路易十四常來打獵呀，蓋修道院呀……」皮耶當起了嚮導。

「啊！我想起來了！」我大叫。

皮耶被我嚇了一跳。

「你剛說到路易十四，我想起來我正在讀一本關於路易十四第五任情婦的野史，第一章寫的就是這裡嘛！她的女僕有跑到馬恩河，對對對！還真的有這條河！」我解釋了我為何打斷皮耶的話。

「這種關於路易十四的野史小說，真是瞎掰大全！我不愛看。」皮耶聽我在讀這種宮廷野史小說快笑出來了。

「同意。可是我們不能否認，這書讓我認識了一條我以前不知道的河，而且現在就在這河邊的森林區，是不是也很有教育意義……」我故意糗糗自己。

皮耶聽了只好轉轉眼珠。咦？他似乎對這本書完全沒有興趣的樣子。怎麼越來越沒人煙？也看不到公園和城堡？這位咖啡先生到底是住在哪裡？有街名的對我都很難找了，沒有街名的我看只好任由皮耶帶路了。

「你確定我可以相信你嗎？這真的是咖啡先生居住的地方？」我假裝發抖的說。剛剛車子還沒進森林時感覺很熱，隨著深入大樹越來越多，越感到涼風陣陣，我把圍著頭的大圍巾解下來搭在肩膀。

「我大概七歲時來過一次，那是我爸媽想看看咖啡先生的家，就跟阿嬤一起過來。」

「咖啡先生一直住在這兒？」我很好奇。

「是，他不喜歡別人拜訪他，也不跟人來往。記得他身材矮小，脾氣不大好，喝斥我不要亂動他的東西。我就跑到森林裡玩，完全不記得房子裡的情況。」皮耶轉進一條更窄的路，路的盡頭有一棟獨立的老房舍。

如果問我這棟房子長得如何，我只能告訴你，它就跟童話故事裡的中世紀農舍很類似。房子的建材應該是上等的，風格也不俗，只是我說不出到底這房子是哪一種建築形式。它有一個尖尖的洋蔥頂，又有點巴洛克的裝飾，似乎有些東西方混合的樣式。總之，那種整體的風格，會讓人想起《天方夜譚》裡某些故事的場景。

「喔，很有意思。」我看到這棟位在一條沒有街名的古老房舍，腦海中無法整合出一個完整的形容詞描繪之際，只好說出「很有意思」。

皮耶說他們出發前，阿嬤就通知了咖啡先生我們會過來拿咖啡，而且大眼鏡嬸為了說服咖啡先生見我這個外國人，還講了我是怎麼喜歡和讚賞他的咖啡，不然咖啡先生可能永遠不會讓外人，更不要說讓一個素不相識的外國人來他的住處吧？

「其實我要跟妳說明，這個地方是市政府要整頓的森林河岸區，所以逐年把這些古代繼承者的老房舍慢慢淘汰，因為這些後代也無力維護這些老房子，市政府也因為人道精神，不可能將這些住戶強迫拆遷，所以先規畫未來的藍圖，並不會將這些區域視為可以繼續居住之地，只是這些住戶可以繼續使用到他們過世為止。咖啡先生沒有後代，所以他住的房子，當然就沒有街名。」皮耶解釋。

喔喔，我了解了，原來咖啡先生是所謂的釘子戶。只是歐洲人比較尊重歷史，也尊重住戶的人權，這真的很不錯。

「咖啡先生是法國皇室之後？不然怎麼會有家族建造這種像是宮殿的房子啊？」我超級好奇。

「不知道，我也不關心，阿嬤很少說他的事，阿公跟他比較熟。阿公也沒有說很多，只是說咖啡先生太執著，不討人喜歡。」皮耶聳聳肩。

唉～～真是太沒八卦的精神！如果我是皮耶，一定要把咖啡先生的生平問個水落石出，絕對不會放過任何精采的故事。只是西方人重隱私，人家如果不想說就要尊重，那我等一下要節制一點，不然一定會被嫌。

反正重點就是看咖啡先生的咖啡，不知道能不能跟他買一包咖啡？

皮耶走到童話般的老屋前，拍了拍老木門，

「路易？我是皮耶·德·思科瑞。」皮耶在古老的木門前面喊。

真好玩，連電鈴也沒有。不過這個不知名的樹林深處安靜得很，稍微一點點聲音聽起來都很高分貝。不經意的清清喉嚨，哇，這麼小聲也聽得很清楚呢……

咖啡先生如此離群索居，難道不寂寞嗎？到底會是怎樣的個性才會耐得住這樣的寂靜？

還沒把此屋主人的模樣猜想完畢，門開了……

從這裡開始，我走進了一個再也無法回到現實世界的奇幻歷程裡。

12 Point Zéro

什麼事物都會有個起點，你能告訴我法國公路零座標點在哪裡嗎？

什麼？法國公路零座標點？這是什麼呀？

好的，容我說明一下，公路零座標點，就是一個國家道路系統的起點。境內所有的公路，都是以這個公里數為零的座標開始計算里程數。

臺灣的省道零座標在哪裡你知道嗎？沒問題，馬上就公布答案：「是在臺北市忠孝東路監察院前的地上。」有空可以去看看這個公路零座標點，省道公路是從這裡開始計算公里數的。

那麼再問，法國的公路零座標點又是在哪裡？

也立即公布答案：「在巴黎聖母院正前方的地面上。」找到這個點，你就站在整個法國公路里程計算的起點上。

那麼我現站的位置，是距離巴黎的公路零座標點幾公里？在這個巴黎近郊廣大的森林裡，有一條無名的街，還有一個奇怪的咖啡先生，把我對法國咖啡的時間零座標點拉回到三百年前。如果我沒有遇見這位先生，我對法國的咖啡歷史絕對是另一種理解。

又當我看見咖啡先生的奇幻世界之後，決定把這座古代的房子，當成我咖啡知識的零座標點。我從這個座標點出發，把法國咖啡的歷史從另個角度走了一回。

我的咖啡零座標點就是在這裡！

只是，說完零座標點的概念，我就開始尖叫了。因為我忘了帶隨身電源！我的手機只剩二十五％的電力！

「慘了，你有帶充電器嗎？我的手機沒電了！」我問皮耶。

「沒有電很好。」皮耶說。

「這樣等一下就沒辦法拍照了啊！」我急了。

這年頭的旅行者，多半都是用手機照相，帶相機的人大大減少。很多時候因為手機沒電，很多風景都錯過了，但我每次都沒有記取教訓。手機圖的就是方便，而且可以隨時傳給別人看。

「恐怕這位咖啡先生不大喜歡照相。」皮耶提醒我。

喔，好吧。原以為可以用照片記錄這段咖啡旅程，結果這個現代電子特權被禁止了，想想這樣也好，去除了那種「趕快拍完，回家再細看」走馬看花式的旅遊法，或許在專心的情況下，會有更多的學習收穫？（只是看完這章，你一定會發現我多懊惱沒有把手機的電充飽……）

當皮耶說明來意，開門的這位，是我看過長得最畸形的人。你別誤會我是在批評別人的長相，我描述一下我到底看見一位怎樣的人物：

他的身材矮小，但意外的勻稱，不覺得身材五短。面容看不出老還是年輕，因為一半的臉頰布滿了皺紋，而另一半的臉頰卻異常的平滑粉嫩。他有著捲曲的長髮，一半是蓬鬆雜亂灰白相間，另一邊卻是濃密接近金色的滑順髮絲。穿著簡單的罩袍，是有點米黃色棉麻混紡的料子，有著寬大蓬鬆的袖子，袖口是窄的，讓罩袍不至於蓋過了毫無老人斑平滑的雙手。罩袍底下穿的是緊身褲，褲管塞進了紅色的軟皮短靴中，靴子用的是皮製的鞋帶，雙腳大小和身體的比例很協調。只見雙眼一樣的明亮有神，眉毛和眼睛一樣，兩道濃眉似乎可以說話，皺眉展眉間，就是他的心情。

皮耶和我都同時陷入一陣沉默，我本來想好的自我介紹詞全部忘光光。咖啡先生抬起下巴，皺起濃眉朝我打量了一下，我這時聚焦看著他的臉，才發現他還有可愛的翹鬍子。

他退到門邊，把門開大一些，展眉微笑，做了一個請進的手勢。

皮耶有點看呆了，我也是。心裡是在想說這位也是個復古人，我剛剛在古董車裡是扮大眼鏡嬸款的復古人，頂多只復古到一九六八年，這個咖啡先生看起來是復古到一六九八年吧？

我們兩個大概心底都有點害怕，所以一直讓來讓去不肯先進屋，皮耶推推我，示意我先進屋。

我一進到屋內，就聞到了烘焙咖啡的味道。

「嗚哇！這太香了吧！」我不禁讚嘆起來。

對於一個平常都在努力練習烘焙咖啡的本人來說，實在很喜歡咖啡生豆在烘焙過程中那種每個階段不同的香味：新鮮生豆的香，烘桶漸漸充滿生豆小水分子蒸氣的香，咖啡豆開始劇烈準備爆豆的香，炸裂爆開的香，咖啡豆接近烘焙完成飽含咖啡味熟豆的香……這些香味，是手烘咖啡如戲劇般高潮迭起的變化過程，更是讓我心醉神迷的咖啡香大集合。唯有經過這些不同的香，才能獲得咖啡最美味的熟豆香。

完全不用多加描繪，此時咖啡先生屋內的咖啡香，正是最美味咖啡烘焙各種香的總和。

咖啡先生聽了我的讚嘆，只是微笑點點頭，他把雙手手掌朝上，表示別客氣請坐。

我環顧老房子的內部，這裡頭簡直跟博物館差不多，也就是一個充滿古文物的屋子。這裡頭所有的家具和裝飾，我雖不大懂古董分類，但可以猜測一定都超過幾百年。比如我坐著的這張兩人座沙發，這深綠色的布料應該是金絲絨？我偷偷的用手摸摸布面，好細緻也很舒服。我只摸過聚乙烯仿造的金絲絨，跟這個材質的柔軟度真的差很遠。皮耶選了一張有木耳朵的老靠背椅坐下，這款老靠背椅的上方，靠近坐著的人兩耳的地方，有左右兩片多出來的設計，以防止睡著的時候頭部歪向一邊，就跟飛機座椅靠頭的設計有點類似。這張靠背椅藍黃相間的布料，應該是純絲的吧？顏色真是漂亮呀。

「聽說妳喜歡咖啡？」咖啡先生突然問我。

咦？他居然會說英文！本來還想請皮耶幫我翻譯。

「是的，所以請皮耶帶我來拜訪，或許可以學到更多的咖啡知識。」我恭敬的回答。本來想問可不可以購買咖啡熟豆，可是又怕太沒氣質，因此把話嚥了回去。

「妳對咖啡的理解是經由什麼學習？」咖啡先生又問。

這位先生與人交流的方式單刀直入，毫無贅言。他完全沒有言不及義的人際交流開場白，也沒有禮貌性的問問我從哪兒來，或是閒話家常，反而去蕪存菁立即進入主題：「咖啡」。

雖然很怪，卻深得我心。有時太多社會化的禮俗客套反而浪費時間，消耗心神。主題直接切入，話題明確的開場，這樣真的很有效率。

「喔，」我壓壓喉嚨清嗓子，「我是一個咖啡師，高階的學習是在維也納學的。老師是一位咖啡教授……」我對自己的資格和咖啡知識還算滿意，以至於自目的自吹自擂起來。

咖啡先生面無表情的聽著我的咖啡資歷。

他在我的話語句點之前，輕輕的抬起頭看著我。我感到他的眼神有些駭人，講話的聲音也越來越小，這該死過於安靜的郊外，讓我聽到自己的說話聲太清楚，也開始覺得自己嗓音過高，也講太多。

「很好。請問維也納是從何時開始懂得飲用咖啡的呢？」咖啡先生用很平緩的語調問。

「我知道！」我大聲回答，因為聲音太大把咖啡先生和皮耶都嚇了一跳。我自己突然笑了起來，發現這屋裡根本沒有別人要搶答這個問題，我的音調卻又急又高的像是在玩搶答遊戲。

咖啡先生抬抬眉毛，像在等我的答案。

「維也納從一六八三年，土耳其第二次圍城失敗之後開始飲用咖啡。」我降低了音調回答。

「很好！那麼法國呢？」咖啡先生微笑著再問。

喂喂，這位咖啡先生還真像一個嚴格的教授！來拜訪他除了沒有客套用語，還直接考咖啡歷史！讓我這種不用功的學生不禁發抖。

「確切的時間我不知道，我只知道一六九二年，路易十四開始徵收咖啡可可和香料的進口稅。」我搖搖頭坦承自己不知道。

「妳怎麼確定是一六九二年？從哪裡得來的資料？」咖啡先生嚴肅的問。

「我去了BnF，看到當初路易十四的徵稅公告。」我小聲的說。

「哈！」咖啡先生突然間拍掌大笑！

這次換皮耶和我被咖啡先生突如其來的怪笑嚇了一跳。

可憐的皮耶，本來只是要來幫阿嬤拿咖啡回旅館，現在好像在陪考。

「妳確實不錯！有考證的精神，是咖啡真正的愛好者！」咖啡先生從一臉陰鬱轉變成陽光燦笑，只需千分之一秒。

「看來路易肯定了妳的咖啡之愛。」皮耶也笑了。

「極少人願意探究咖啡更廣大的知識！以為咖啡是隨便買隨便有的市售飲品罷了，殊不知咖啡有著植物學、物理、化學、經濟等等超廣闊的相關知識連結！」咖啡先生超激動的。

「妳看看，我曾經想要把咖啡知識傳授給更多人，只是他們只想喝咖啡，順便帶點紀念品回家，把這兒當成是一個旅遊景點而已！沒有人想要知道珍貴的咖啡知識！」他激動的語調好像在吵架，他對世人的指控好像就是在罵我心裡正想的事，害我驚慌的吞了口口水。慶幸有「保持氣質」的想法一閃而過腦海，不然我差點把「哪裡可以買你的咖啡」說出口了。

咖啡先生從擺著很多書籍的桌上，拿出了那張粉紅色的咖啡旅遊行程傳單，原來那個行程是由他主辦的。我發覺他那張比我的新，或許是新印的？我還抱著咖啡知識旅遊團的希望。

當咖啡先生還在桌上找其他東西時，皮耶趁機用手擋住嘴小聲的對我說：

「有辦過，可是他把參加的人都轟出去了。」

哇！看來咖啡先生脾氣真的挺大。

「這張沙發好舒服喔……」我輕輕的撫摸綠色沙發的布面，像個鄉巴佬似的想轉換個話題。

「是我曾曾祖母留下來的沙發，使用非常好的布料，雖然有點舊，但是還是很有價值。」咖啡先生停下找東西，很感性的說。

「都是家族留下來的物品吧？真的很漂亮呀！」我環顧四周又讚美了一回。

「有很多東西，還是古老的好，該好好保存。居然有什麼沙發衝浪業者跑來問我要不要加入他們，也就是要我把這間屋子和古董沙發出借給交換住處的旅行者使用，妳覺得我會答應嗎？妳認為這張漂亮的沙發可以拿來這樣用嗎？」咖啡先生又激動大聲起來。

我看咖啡先生又要生氣，就用手擋住嘴，輕輕的對他說：「我猜……你就把人家給轟出去了……」

皮耶被我這舉動逗得哈哈大笑，咖啡先生也微笑著搖搖頭。應該沒遇過像我這種痞子女，人家都要生氣了還敢搞笑吧？

「我忠於我自己，也希望能保持我的人生價值觀……」咖啡先生突然語調感性的說。

皮耶假裝背著手，邊聽邊偷偷的走到咖啡先生身後，做出打哈欠手拍嘴的動作。因為面對著咖啡先生，我只好面無表情憋住笑。

皮耶太可惡了！居然在這個時候想逗我笑。

咖啡先生順著我的眼神轉頭看皮耶。皮耶趕緊假裝在看咖啡先生書架上的古書。

「我來過一次，跟我爸媽一起，你記得嗎？」皮耶問咖啡先生。

「當然記得！你很頑皮，差點撞翻一整桶剛烘焙好的咖啡，我忘不了。」咖啡先生溫和的說。

「哈哈！原來是搗蛋鬼！要是我也會火冒三丈！」我大笑。

咖啡先生若有所思的起身，走向一扇在起居空間走廊底的木門。

皮耶和我對望了一眼，他撇撇嘴、聳聳肩，表示不知道咖啡先生要走去哪？

咖啡先生用很低沉的聲音說：「我一直在等待，能把整件事說清楚，可惜來拜訪我的人，都不值得我這麼做。」

我們聽完滿頭問號，咖啡先生在說什麼啊？

咖啡先生在走廊底端木門邊的木櫥櫃中，取出一把很大的鑰匙。

他握住木門的門把，回頭看著我們，並揮手示意要我們上前跟著他。

當我走近他時，矮小的咖啡先生對我說：「妳還是沒有回答我，法國第一次進口咖啡是何時？」

哎呀，早就忘了我還沒回答這題，其實根本也不知道答案啦。

我誠實的搖搖頭。感覺剛剛還吹噓自己是咖啡師咧，這麼簡單又重要的問題卻答不出來。

「一六四四年。」

咖啡先生說完這個答案，用鑰匙打開了那道木門。

13 空曠又擁擠的地窖

歐洲的房子，多半有地窖。

地窖分成三種：一百年以上老房子的地窖、一九六〇年以後房舍的地窖、現代新建築的地下室。

大多數古代的房屋需要地窖，因為古時候沒有冰箱，要靠著低於地面陰暗潮溼的空間來儲藏蔬果。如果放在一般的環境裡，很快就會壞掉。這對於一進入冬天就沒有蔬果可買的古代人來說，地窖就成了相當重要的食物儲藏室。當然還有歐洲的葡萄酒文化，也要靠地窖來儲放酒，因為酒瓶的軟木塞如果放在溼度過低的環境就會龜裂，影響葡萄酒的品質。

有別於現代房屋地窖的建造方法，古董屋的地窖多半是紅磚牆和泥土所築成的。這樣的建材很容易吸收溼氣，也因為如此，才有冷藏蔬果的效果，所以歐洲古代建築的地窖都很涼，溫度介於攝氏十五到十八度之間。

所以我猜想這道木門，應該就是通往咖啡先生地窖的門。心中暗想不妙，因為我把皺巴巴的大圍巾忘在很舒服的綠色老沙發上了，真希望地窖不會太冷……我不經意的環抱臂膀。

咦？一陣潮溼溫熱的氣息迎面而來！

我們進到一個大得像溫室一樣的房間，雖然是一個房間，卻覺得完全像是巴黎植物物園的感覺！房間上方的屋頂是透明玻璃所構成，而這個大得像演奏大廳般的空間，長著許許多多的綠色植物。

「這些就是最原始的咖啡樹！」咖啡先生語氣很驕傲的說道。

我完全不相自己的眼睛！怎麼有人在房子裡種那麼多咖啡樹呀？真的很有趣！我看見整個大廳的四周都有加溼器冒出的蒸氣，還有大型的暖氣管線。

「哇！這些是咖啡樹!?」我尖叫。

皮耶也沒看過這房間，驚訝的伸了伸舌頭。

「都是阿拉比卡豆？」為了扳回一點顏面，我問了一個聽起來比較專業的問題。

「當然呀！這些咖啡樹，已經傳承了三百多年。就是從路易十四時期的原生種咖啡樹不斷繁衍栽種出來的。那個時代我們只有阿拉比卡豆，這是基礎常識吧？」咖啡先生一開口就把我給打成業餘。

不瞞你說，當我走在這個室內咖啡樹大森林中間時，發現一個很恐怖也很怪異的事：

這些咖啡樹都沒有用花盆，是直接種在地板上的！也就是說，地板上有厚厚的土，我雖然看不見土的下方（應該是地板？）但是我直覺這些土的厚度，不可能支撐得了這些粗壯植物的根。也就是說，這些咖啡樹的樹根，應該是更深入比地板還要深的地底才行。只是，樹的樹根可以透過地板生長？如果樹根穿透了地板，那麼地板不就會因結構破壞，而很易造成坍塌嗎？

雖然這些咖啡樹都在這個大廳中生長得很茂盛，但一種怪異的感覺從心底升起。

我忍不住提出了好奇的問題：「陽光從玻璃屋頂射進來，暖氣溼度也有，但那水呢？這些樹不用給水？」

「需要水，要非常多的水！」咖啡先生微笑著回答。

那水在哪兒呢？我環顧整個大聽，沒有看見水桶，更沒看見水龍頭，而且給這麼多咖啡樹澆水，房間要如何排水？我看皮耶一眼，他搖搖頭又聳肩，或許他也正和我有著相同的疑問。

咖啡先生似乎讀出我們的疑問，揮揮手要我們跟著他走到大廳的另一頭，這裡又有另外一道門。

「水在這裡。」

咖啡先生打開門走下樓梯。

我心想：「這是通往地窖了吧？所以地窖裡有小水溝？」

我曾經看過古屋地窖的小水溝設計，那樣的小水溝可以讓位於河川旁的地窖在淹水時，有加速排水的功能。

我跟在咖啡先生後頭慢慢的走下木梯，走出陰暗處見到的光線，讓我一時無法看清楚下了木梯後的環境，等到瞳孔適應之後，不禁讓我差點大叫出聲！

我看見的不是小水溝！更不是儲藏蔬果的地窖，而是……而是……是一條很寬廣的地下運河！水流很湍急，下了木梯有架高的木棧道，所以我們並不會涉水。這時候我的視覺和聽覺都進入了另一種聲響環境，水流的聲音越來越大。在木棧道上往前再走幾步，竟看見所有樓上咖啡樹的樹根！這些樹根穿過了樓板，直接連接在木棧道下的土裡！那些阿拉比卡咖啡樹如直劍般的根，全都生長在水道上方，也就是說這條運河水道，讓咖啡樹不用擔心缺水的問題！

我看呆了，從沒看過這樣將樓板當花盆的方式。太可怕了！我真希望我沒走下這個地窖，希望剛剛被咖啡先生轟出去就算了，幹嘛要到這個怪異宛如科幻場景的樹根地窖來？我完全沒辦法接受這樣的場景，請想像在古地窖的水道旁被這麼多的樹根包圍，你會有什麼感覺？我開始感到有點頭暈。

平撫自己快速的心跳，把手伸進包包，偷偷摸出我的手機，一定要拍下這個咖啡樹根的景象！我故意走在最後面，快速的拿起手機、解鎖、點開手機上的照相機，拿起對準這超現實的場景時，卻看到手機的訊號燈是紅色的，銀幕出現電力過低的警示，當我要點下拍照時，手機螢幕一片漆黑，我再怎麼點，都無濟於事了。

我想多數人都能體會此刻的心情，尤其是跟我一樣，想拍下很重要場景的當下，電池卻耗盡的那一刻。想尖叫卻又怕拿手機拍照被發現，趕緊假裝沒事的把手機立即塞回包包。

咖啡先生突然轉身，對我們說：

「這些樹，與一六四四年的咖啡樹是一樣的，我們一代又一代的栽種，完全沒有間斷過，期間經歷了奧圖曼帝國將咖啡介紹到法國、路易十四和路易十五對咖啡的植物研究，當然還把這些種子送去了波旁島……啊，就是現在眾所皆知的波旁咖啡品種。」咖啡先生說了一堆讓我更頭暈的話。

這怎麼可能呢？我一定是在做夢吧？我擠了擠眼睛再睜開，唉，是真的場景，不是夢。

皮耶正在摸那些樹根，還捉住搖一搖，似乎在檢查樹根是否真的是從樓上長下來的。

「我在旅館喝到的咖啡，就是這些咖啡樹生成的果實？」我問。雖然開始覺得咖啡先生有點瘋狂，可是絲毫不敢顯露出我的懷疑，很擔心他會暴怒。

「當然！果實收成之後，就要水洗發酵，都是在這條河裡完成的。洗好的生豆依照正常的晒乾、去銀皮這些過程，然後再烘焙成熟豆。」咖啡先生詳細的解說。他說的製作咖啡生豆的流程一點也不假，確實是專業的。

這個地窖河道非常深，咖啡先生邊說邊向前走，順著木棧道不知走了多久，當離樹根區越遠，我就越感到涼意。

「這是哪條河的河水？」我問。

「我喜歡妳的問題！」咖啡先生背著手轉身跟我說。

「馬恩河的河水，可以孕育出法國香檳區的葡萄莊園；而古老的塞納河，更是人文發展的命脈！」咖啡先生激動的說。

哇咧，那到底是哪條河？

「然而，不管是哪條河水或什麼氣候，都沒有辦法種出咖啡樹！整個歐洲，只有現在妳所站的這個點，這是我們尋找了數代之久的完美地點，這裡的水溫，這裡的空氣，這裡的溼度，才可種出咖啡樹！」咖啡先生手舞足蹈的說。

「可是……我有去巴黎植物園，那裡也可以呀……」我不假思索的就說出了這樣的話。

話一出口，我感到一旁的皮耶，擔心的轉了轉眼睛。

果其不然，咖啡先生大吼：「妳知道什麼！這裡比巴黎植物園更適合！這裡才是正統種出咖啡樹的地方！」

我伸伸舌頭，順帶聳聳肩。好的，我最好先閉嘴。

即使咖啡先生有點小發火，不過他還是沒有停下腳步的沿著地底小運河往前走。我們跟在後面，有點追不上他的腳步。

「妳要小心腳步，挺滑的。」皮耶自己一邊說，一邊平衡了一下身子。

說得也是，我們現在根本不知身在何處？而且沿著小運河七彎八拐的路徑，簡直就像進了迷宮。兩邊的紅磚牆上只有小燈泡的微光，萬一不小心踩滑滾到河裡，我肯定就被沖去做香檳酒了吧？

就在一個轉彎後，咖啡先生停了下來，我們眼前是一扇高聳的老倉庫門，這樣的地窖倉庫門我是見過的，到現在德國還有很多這樣的老房子底下都有。這利用高溼度和恆低溫來儲藏過冬用青菜蔬果的地窖，不知道咖啡先生在這裡儲藏了什麼？

他拉開了門，而我傻了。

在一個隔間中，是一桶一桶的咖啡果實，正在發酵。另一個房間則是放著烘乾生豆的機器，還有去銀皮的機器。

我看見漂亮的生豆被放置在一整片的篩網上，另一邊是一張古老的大木桌，上頭有很多白色的棉布袋，另外還有一個陀秤，很明顯的是秤生豆用的。這時我滿鼻只有新鮮生豆的清香，永遠不能忘記這麼清香的生豆之味……這位咖啡先生從種咖啡樹到生豆完全一貫處理？如果不是親眼所見，不可能相信。

「這就是世界上最好的咖啡！」咖啡先生做了一個展示成果的手勢。

「啪啪啪啪！」皮耶鼓掌。

「太驚人了！」皮耶只能用拍手鼓掌來表示他的讚嘆。

我當然心中又犯了瞎拚客的毛病，沒有對咖啡先生的專業多一些觀察和尊敬的讚美，只有想要問說可以買嗎？因為很怕等一下離開這個房間，我就沒有任何機會再見到這些清香的咖啡生豆了。

可是話到嘴邊，又強迫自己吞了回去。

「真的無話可說，您實在太專業了！而且能在巴黎種出這麼漂亮又健康的咖啡，您一定比專業更專業。」我配合皮耶也讚美了一番。

「這樣看來妳對咖啡是有些研究的，沒有新鮮健康的生豆，休想烘焙出好喝的熟豆。」咖啡先生也很禮貌的回讚。

「接下來就是烘焙。」咖啡先生做了一個要我們離開生豆倉庫的手勢。

我覺得咖啡先生的動作有點軍事化，表情也是一絲不苟。

他把倉庫門拉起來，並且上了鎖，他的表情如同這木門是金庫的門一般。其實我很了解他的心情，咖啡這植物太重要了，誰能控制咖啡，誰就控制了大半個世界。咖啡就是世界上很重要的原物料呀！難怪咖啡先生一生都投入在這個功課上。只是我想不通的是，他是從哪裡得到這些咖啡？他從哪裡學得這些高深的知識？他的經費來源為何？他的銷售管道又是什麼？只在大眼鏡嬸的旅館每天給客人喝的量，也不可能讓他發大財呀！越想心中的問號越多。

我們在七彎八拐的地下運河道，沿路走回了通往地窖的木棧道，又從那些看來非常科幻的咖啡樹根中走上階梯，回到許多咖啡樹的大廳。

因為在昏暗的河道太久，眼睛再次接觸到日光覺得有點刺痛。我揉揉眼睛，覺得像是從夢中走回真實世界。一瞬間，甚至有點記不起河道中的景象，是狹小？還是空曠？是危險溼滑的小徑嗎？有座乾燥的生豆倉庫？還是這一切，都如那些盤根錯節從地板上往下穿透地窖，又伸入河道吸水的樹根般的既超現實卻又寫實？我甚至懷疑剛剛所看到一切，只是一個虛擬實境的秀，其實這一切東西都完全不存在？

14 咖啡的滋味

咖啡先生烘豆的地點，是在客廳旁一間延伸出去到花園的溫室花房，溫室中有幾株種在大花盆中的咖啡樹。

他拎著一小棉布袋走到一個圓烘桶前，裡面裝著我們剛剛在地窖河道生豆倉庫看到的咖啡生豆。這個古老的咖啡烘桶有一個轉動的手把，熱源是燒著的煤炭。燒煤炭的地方，是一個方形的金屬盒子，提供了烘焙的熱源。

咖啡先生打開棉布袋，把圓烘桶上部的鐵蓋拉開，倒進生豆，就著煤炭的熱開始烘焙咖啡。

「好的生豆，烘焙後會讓咖啡更好。但不能太生，也不能太熟；顏色不能太淡，更不能太黑，隨著咖啡每一個階段香味的變化，小心翼翼的等待它完全爆開。」咖啡先生邊動手邊解釋著他的烘咖啡哲學。

雖然是跟我們解說烘咖啡豆，可是聽起來更像是自言自語，是否很專業外加專心的人都會有這樣自我欣賞的特質啊？這特質就是：「窮盡一生的時間和精神，不斷深陷於想要研究的課題上，不容自己有一絲絲的移情別戀。完全不分心，就那麼深入的不斷探索，只為進入更廣大的微小世界之中，用更謙遜的心對待研究的這件事物，如同對愛情般俯首稱臣，且鍾情一世。」我眼前這位身材不魁梧的咖啡先生，閉著眼睛聽著咖啡在咖啡烘桶中轉動的聲音，鼻子似乎在尋找咖啡生豆變化的味道，口中喃喃自語的模樣，雖然有點古怪滑稽，卻又讓我十足的尊敬。

「嗯～～好香！」我深呼吸一口，新鮮生豆的變化真的好明顯，而且好好聞，這可口的香味把我的味覺喚醒。

「我怎麼只聞到燒煤炭的味道？」皮耶假裝清清鼻子。

「鼻子也需要訓練！」咖啡先生聽到皮耶這麼說，突然張開眼睛看了皮耶一眼，皮耶抖抖肩膀，表示自己對咖啡完全沒概念。

咖啡越來越香，咖啡先生把咖啡熟豆「嘩」的一聲倒進了篩網。

「這就是我提供的咖啡旅行程，希望你們滿意！」咖啡先生鞠了個躬。

「哇！不知不覺中我們進行了一趟很棒的咖啡之旅！太榮幸了！感謝！」我拍手。

「這樣的行程很棒呀！為什麼不繼續？」皮耶問。

咖啡先生聽了皺皺眉，「因為並沒有人想要喝好咖啡，多數人只想要喝廣告上看到的咖啡，那種我沒有。」

咖啡先生真的說到了重點。廣告上的咖啡是製造商想要賣給你的味道，與新鮮咖啡的味道完全是兩回事。他們所創造出來的咖啡產品，總讓人以為這就是咖啡真正的味道。如果我是一個消費者，從沒有嘗過新鮮的好咖啡，只喝了某一個咖啡產品之後，絕對就會認為這個產品的味道，就是咖啡的味道吧？就像我一直以為的香草味，就是從香草冰淇淋或是任何有標註著「香草」口味的產品而來的，結果一直到接觸真正的香草，品嘗了之後，才發現原先以為的香草味，根本與真正的香草味，有十萬八千里的差距。

但我們又有什麼辦法呢？因為原本的植物產量有限、價格昂貴，為了仿製這些植物的滋味，就只能藉助次級大量生產的同類植物，或是乾脆用人工化學合成的方式來模擬其滋味了。

也就是說，我們雖然知道某種東西的味道大概是怎樣，但卻不知道真正正確的味道又到底是怎樣的。可是奇怪的是，我們也不太會去在乎這些經由商業製造出來味道的真偽，還默默接受了這些產品來誤導我們的味覺。這到底是商人在欺騙我們，或是我們心甘情願的被欺騙呢？或是我們真的需要這些假產品的滋味，幫忙欺騙存在於我們腦中的味覺感知呢？

我沒有答案。只認為或許去探詢真正某物原始的味道，才是我想達成的日常功課。只是，不可能每個人都和我想得一樣。

這樣推論，咖啡先生說得一點也沒錯。參加這個參觀行程的旅客，一定多數也是被商品廣告洗腦下的咖啡飲用者，就算再怎麼解釋，因為對味道先入為主的觀念，是不會把眼前這些真正好咖啡連結的。這樣的旅遊行程，真的就沒有任何意義。

「多數烘焙師輕忽了日光的重要性，只有在日光下才能看出最正確的烘焙度。」

咖啡先生把篩網遞過來讓我看熟豆的顏色，果真是說不出的均勻，不生不熟，不淺不黑。看了這熟豆，恨不能馬上濾泡來喝。

「行程有包括喝咖啡嗎？」皮耶立即問。

「哈哈哈……」我大笑。

「喂！這是免費行程，還要求喝咖啡？」我虧皮耶。

「喝咖啡是在圖書室。」咖啡先生冷靜的回答。

15

貝登考之謎

說是圖書室，還不如說是間小型的圖書館。

當我走進位於客廳另一邊的這間圖書室時，只能目瞪口呆的看著天花板。因為上方全是金碧輝煌的壁畫！四面牆上的高大書櫃也是勾勒著金邊，淡綠色混著金色花紋的壁紙，簡直只有在歐洲宮廷劇中見過。我快速的翻閱一下那些漂亮的古書，恨不能每本都拿下來看一看，就算聞聞那些書的味道也好。不知道咖啡相關的書有哪些？一定也有很多植物方面的書吧？書皮有紅色，也有咖啡色的，看起來年代頗為久遠。有幾本標註著一六六七、一七七〇……多半是路易十四時期的書？圖書室中間還有一個很大的水晶吊燈，燈下則是一張大長桌，上面擺著老式的咖啡濾泡瓷壺。我沒見過這種身材有點圓圓矮胖的白色咖啡濾泡壺，跟卡爾斯巴德壺很像，只是它更圓滾一些，最上面濾網的那一層左右兩邊都有壺耳。

咖啡先生用手磨咖啡機研磨了他幾天前烘焙的熟豆，在磨豆時一陣陣咖啡香撲鼻令人沉醉。

咖啡杯是我從沒看過的精緻彩瓷套杯，我趁咖啡先生去拿熱水時，把這個典雅的咖啡杯翻過來看看到底是哪個廠牌，結果只看見淡藍色很淺的燒瓷標記，而且又是法文，完全看不懂。

我在等咖啡先生濾泡咖啡時，已經準備好我想問的問題。

「我現在可以問他一些問題嗎？」我小聲問皮耶。

「當然呀！妳快問，差不多要準備回去了。」皮耶提醒我。

只是當我喝了一口咖啡，味覺非常非常柔順！我捨不得喝完！又香、又純，絲毫沒有負擔。喝了真舒服，全身暢快，什麼問題都不想問了。

「有任何問題嗎？」咖啡先生輕聲的問。感覺這位老先生有點累。說實在一個人要種咖啡、處理生豆、烘焙，確實很花體力精神。

「有有有！」我舉手。

咖啡先生點點頭。

「請問這是什麼品種的咖啡？從哪個國家來的？哪裡可以買？」我最終還是甩開氣質，問了俗俗的消費者問題。

咖啡先生愣了一下，似乎沒人問過這樣的問題。

「先回答妳第三個問題，不賣。」

我一聽好失望。沒關係，至少知道產地後可以去喬一下。

「產地……這是三百年前由一位奧圖曼帝國的年輕人帶過來的種子，一直傳到我這一代。」咖啡先生說。

這回答簡直就像沒回答吧？三百年前的人？奧圖曼帝國？

等一下！這故事我似乎在哪裡讀過？啊！不就是那本寫著關於路易十四情婦的野史中所寫的故事嗎？一個纏頭小伙子，把咖啡果實藏在他的頭巾中偷渡到法國！

「我正在讀一本路易十四時期的野史，其中有這樣的描述，您是說這是真實發生的事情？我還以為是虛構的咖啡史。」我驚訝的說。

「我知道。是真的，那個故事是真的，這些咖啡樹也是真的。路易十四當時判斷錯誤，沒有讓咖啡早一點進到法國，還好他的後代偷偷的種出咖啡樹，讓之後的法國殖民地有了好咖啡。」咖啡先生說。他說話的語氣很冷靜，就像身歷其境般的批評著路易十四。

我迷糊了。法國的植物學很發達呀，研究咖啡不是法國植物學家一直在做的事嗎？我去過巴黎植物園，那裡關於咖啡的資料也是這麼說的啊。為什麼咖啡先生這麼專業的咖啡人，卻會相信一本宮廷野史的故事情節？

「妳看的那本是否是一九七五年出版的書？」咖啡先生問。

「是啊！那本書在法國很有名？」我驚訝的問。如果故事內容這麼真實，我所知道的咖啡知識都要重新再來一遍了。

「我只能說到這裡了，那本書裡的故事，妳多看幾遍吧，再想想今天妳看到的一切，答案就會浮現了。」咖啡先生說完很溫柔的看了一眼皮耶。

皮耶微笑的聳肩，說他沒看過這本書，也沒興趣讀，有咖啡喝就可以了。

「那我還有一個問題，就是我一直查不到到底是哪一位法國植物學家，三次將咖啡送到波旁島，試圖種出咖啡，幸虧在第二次成功，所以才有了波旁咖啡。我一直找不到是哪位法國植物學家的研究，又是由誰帶去波旁島試種的呢？你知道嗎？」我把一直困擾著我的問題提出來。

「如果我剛才說，這兒的咖啡果實來自三百多年前，應該就回答這個問題了。」咖啡先生有點疲倦的說。

這到底是有沒有回答呀？怎麼越聽越迷糊？

皮耶這時從客廳抱著咖啡先生準備好，要給大眼鏡嬸的整箱咖啡熟豆，跟我說我們得告辭了。

我站起來跟咖啡先生握握手，感謝他的招待。

當皮耶在門口與咖啡先生講話時，我經過門前放著郵件的小玄關桌，瞄到郵件上，收件人是貝登考先生。

咦？這個姓……

我用力的想了一下，啊！不會吧？怎麼可能？這個姓……不就是那本野史作者的姓？是巧合吧？

我有種怪異的感受，有種進入謎團的複雜心情。

16

甜甜的時間軸

在回程的路途中，皮耶聽我說貝登考先生的姓，剛好和正在讀那本書的作者相同，他嘆口氣說：「我要是跟妳說，我正在讀的一本中文書，作者姓王，那是不是跟我剛遇見的王先生有關？妳怎麼反應？」

「哈哈哈！我懂你的意思了，我只是隨便猜啦，今天看了這麼奇幻的場景，覺得很怪異，更感到什麼事都有可能。」

「他的姓不特殊，就跟王先生一樣。」皮耶說。

「王先生是什麼故事啊？」我好奇。

「有一次有位來自中國的遊客要訂古董車行程，我只知道他姓王。打電話到飯店找他，結果櫃檯小姐說我們今天大概有三十位王先生入住，你要找的是哪位王先生？我才知道中國姓王的不少。」皮耶自己笑了起來。

皮耶很俐落的三兩下就讓我回到現實，打消以為遇見野史法文原作者的想法。

「這位有點痴狂於咖啡的長輩，是我們家族茶餘飯後的聊天話題，他是有些怪異，只是我從小看家裡大人對他都很容忍，似乎他愛做什麼就做什麼。聽說他的父母遺留給他一大筆財產，條件就是要繼續種植他媽媽也喜歡的咖啡。」皮耶介紹了咖啡先生的背景。

奇怪，為什麼不在去之前就跟我說明呢？

「因為很難跟不知情的外人解釋他的瘋狂，所以我們都不太向陌生人談起他，尤其也擔心他會被送去精神療養機構。今天妳看過了他的情況，我再跟妳解釋似乎比較沒那麼唐突。我個人很支持他的瘋狂，一來他只是專注在植物學上，二來他也沒傷害任何人，更何況還提供我們很棒的咖啡。」皮耶解釋了一番。

聽完覺得皮耶的態度很成熟，他很理性的看待這位咖啡先生的愛好，而且也幫助家人保護咖啡先生的形象，甚至還考慮到我這陌生人不要先被過多的資訊嚇到，有了先入為主將咖啡先生看成精神不正常的觀念。

「歐洲人大概只會將他的喜好看成是他心靈所需吧，人總要有享受自己喜歡孤單形式的自由。」皮耶補了這麼一句。

我多麼喜歡皮耶補的這句話。總要有人真心的支持著你所想要擁有的孤單，那種支持，才會讓那孤單找到真正的自由。

皮耶把帶回來的咖啡放在旅館的廚房。

「明天是妳待在巴黎的最後一天，可惜有人跟我訂車了。如果沒機會再碰面，我先祝妳回程愉快。」皮耶載我回到旅館時與我道別，我真心感謝皮耶帶我去咖啡先生的家。真是太幸運可以住在這家不起眼、不現代，卻有好咖啡的旅館。

「祝你生意興隆！」我跟他用法式碰臉頰的方式道別。

「這是最後一個暑假來幫忙古董車的生意了，之後我得專心讀書。」皮耶說。

「旅館也要收起來？」我有點不捨的問。

「應該是吧。阿嬤要退休了，她的膝蓋需要開刀，好好休養是她的計畫。」

唉，真可惜。下次來就不能再看到大眼鏡嬸，或許也再也喝不到貝登考先生的好咖啡了。

我回到房間拿起了那本書，出門想找一家咖啡店，好好把這本本來不怎麼有興趣的書讀完。

馬丁運河邊的自家烘焙咖啡館很別緻，有著不同的風格、不同的烘焙度。只是我在學習咖啡知識之後，就對咖啡的口味有了另一種要求。我不知道這是好還是壞，至少當我看到咖啡先生種在運河水道上的咖啡樹之後，感到至少我沒那麼孤單。

不過，咖啡先生為什麼不回答我今天的問題？他為什麼故作神祕？或許他根本不知道答案？還是我的問題本來就是一個祕密？然而，我查遍了各種資料，就是找不到答案？據我推測，路易十四如果是一七一四年才從荷蘭市長哪裡得到一棵咖啡樹，並將樹種在巴黎植物園中當作植物學家的研究，那麼之前咖啡先生所說的一六四四年進口到馬賽港的咖啡又是怎麼回事呢？這位瘋狂的貝登考先生又是為何那麼肯定呢？

找了一家運河旁的小咖啡廳。

剛坐下，「叮！」有人傳簡訊給我，是瑪莉。

「明天是在巴黎的最後一天，準備要去哪？計畫好了沒？」

「叮！」瑪莉續傳了一張照片，是她替顧客設計婚紗造型上的蝴蝶結。

「路易十四情婦瑪莉給我的靈感，漂亮吧？」

還真漂亮呢，是一個白色與淡綠色緞帶相間的蝴蝶結，瑪莉正在一個假人頭上試著做頭髮造型和蝴蝶結搭配。我想這位新娘真幸運，瑪莉的設計確實非常高貴。

我把那本野史書和剛點的咖啡擺在桌上，照了一張相片傳給瑪莉。

「馬丁運河邊的咖啡館，下回一起來！🙂」

「還有很多故事，回去再描述。❤」

「叮！」瑪莉回得很快，「拜託照很多照片喔！」

喔，她不提還好，一提到照片，讓我想到手機沒電沒法偷拍咖啡樹的悲劇。

「手機現在充電中，以免又錯失好景。😖」

「充電器絕對要綁在胸罩上！😂」

看了瑪莉的形容真想大笑，她最不能忍受的就是手機沒電。

我喝了一口這家咖啡店的咖啡，覺得自家烘焙的咖啡絕對比傳統的法國咖啡好喝。這麼說可能法國人不會認同吧？這只是我個人的感受，況且在法國歷史上，咖啡的味道從來就不是重點。怎麼說呢？咖啡只不過是一場在各個咖啡館中進行的社交背景罷了。還沒有咖啡之前的法國，各沙龍是以酒精飲品為主角，自從咖啡傳入法國後，就成了全民都可以喝的飲料，讓咖啡館成了各種階層和各種人士都可以交流的輕鬆場所。

想到這裡，我又不同意以上的說法，因為我今天下午不就遇見一位咖啡專家嗎？他對咖啡的要求和專業，絕對不能歸類於這個法國咖啡的歷史範圍。

這法國咖啡歷史的時間軸，到底有哪些細節是沒有公諸於世的呢？這位咖啡先生為什麼沒有受到任何人的尊敬呢？

一定是他怪異的行徑讓人避而遠之吧？或是他的執著，可能會讓喜歡商業操作的世界，視他為囉哩囉唆的絆腳石吧？

有些事不能多想，一直想下去一定會如同地獄般的憂鬱糾結著，還是別自找麻煩。

我翻開書，看到哪一頁了？故事來到：

「小女僕瑪戈將瑪莉的女兒悉心的照顧養大，她也把那棵咖啡樹照著纏頭小伙子寫的培養法，認真的照顧了十年，最後開出了勝過茉莉花香的白花，且結了絲綢紅的果實。瑪戈欣喜若狂！她摘下了果實，請人帶到巴黎，放在修道院瑪莉的墳前，她知道瑪莉一定很高興，終於看到了這樣的紅色。

瑪戈想起了一段在凡爾賽宮時，瑪莉曾告訴她的事。那便是路易十四早就對咖啡有著遠大的計畫，他祕密的召集了許多植物學家開始研究咖啡這植物，只等待最好的時機，能夠在法國的殖民地上種出屬於法國自己的咖啡，路易十四認為這樣就不再會被奧圖曼帝國控制咖啡的來源。但是這極機密的事絕不可洩漏出去，因為路易十四還有另一項緊急重要的計畫，便是想擺脫印度和中東對糖的供給。糖，來自甘蔗，這也是在歐洲不會生長的植物。糖在當時的價格可比黃金珠寶還要貴，如果能先種出甘蔗，法國也可以加入糖的供給鏈，等著發大財！

由奧圖曼帝國出口的咖啡熟豆，烘得又黑又苦，皇室成員想喝就得加糖。當咖啡館普及之後，糖的需求也增加，所以這是奧圖曼只出口苦黑熟豆的附加價值，可以順便推銷昂貴的蔗糖。小女僕瑪戈當然不懂什麼皇室的計畫，她最喜歡路易十四常常送給瑪莉的糖畫，這些由不同顏色的糖漿，倒入木模形塑出來的各種小圖畫和裝飾，讓瑪莉開心得不得了！她可以把這些甜甜的糖畫，一口一口都吃掉。每一幅不到手掌大的糖畫，當年有可能是一個貴族一整年的薪水！」

讀到這兒，我被那時候糖的價格嚇呆了，如今去超市買一大包糖輕而易舉，一點都不是奢侈品。可見糖業的發展在歷史的時間軸中，有很大的變化。還有另一個感想就是這故事怎麼急轉直下，宮廷爭鬥劇的情節不見了，反而是來到了小女僕瑪戈的生活？這故事到底會怎麼發展？

「請問有糖嗎？」這時突然有位顧客問店員。

這聲問句，在一六七二年的法國，是多麼奢侈的一句話！這糖的歷史時間軸一直走到今天，演變成咖啡店的糖竟然都是免費的，會是路易十四做夢也無法想像的夢魘吧？

17 虛擬真實的巧合

回到旅館時，櫃檯晚班先生已經下班了，還好出門時我自己帶上了鑰匙。進了我可愛的不等邊三角形房間，只剩明天一天的巴黎旅程，覺得有些小小的傷感，如果多留幾天，我還想去拜訪咖啡先生，可是沒有皮耶帶路，我根本找不到。那些怪異不真實的樹根景象一直在腦海中盤旋，甚至覺得我是看了一場虛擬秀，這一切只是一個設計好的觀光場景，或許我只是被拿來實驗的其中一名遊客？我知道這是陰謀論啦，只是過程真的太不可思議了。因為不准拍照，就算是真的我也無法證明；如果是假，拍了照或許可以給其他人辨認真偽。我現在拿什麼證明有咖啡先生這個人的存在呢？如果我回去跟瑪莉講這個故事，她可能會大笑說沒圖沒真相啊！

然而，有些事也不需要去證明。而且！如果我今天能鼓起勇氣堅持買一包棉袋咖啡豆，會不會至少證明我有一小袋的好咖啡？

但一切都來不及了。沒有照片、沒有咖啡豆、沒有證人（除了皮耶），沒有任何紀錄。我如果跟人說在房子裡種咖啡樹，而且根是連到水道裡，不知道會不會被認為腦袋有問題？難怪皮耶說不提前跟我說咖啡先生的一切，是真的有道理。

這些多想也沒用，還是先想想明天要去哪裡度過這次假期的最後一天比較要緊。

我打開窗戶。咦？樓下的大垃圾桶怎麼在動？我沒看到有人推啊？

我再探身往前看，啊！昏暗中看到有個人正要爬到我的窗邊！這……這也太可怕了！

我立即把窗戶關上，手忙腳亂的開始找小茶几上的資訊，看巴黎報案電話是幾號？心臟都要跳出來了啦！

我盯著窗戶看，正要拿出手機打電話報案時，看到一隻手伸到窗邊，放上了一本書，然後窗外就沒有聲音了。

慢慢走到窗前，隔著窗戶看到那本書的封面，差點倒抽了一口氣。

書的封面就是我正在讀的那本野史書的法文版。應該是原版的，非常老舊。我小心打開窗戶拿進那本書，眼光移動到擺垃圾的空地，那裡站一個矮小的人。對了，你猜得沒錯。

是咖啡先生。

他跟我揮揮手，我立即跑下樓去。

「你為什麼要爬窗戶？很危險啊！」我出了旅館，對站在街邊的咖啡先生說。

真心話，如不是今天下午看過他，絕對百分之一千不敢與他說話。因為咖啡先生看起來真像一個身心不太健康的流浪漢！離開了他家，他完全與現代的城市不搭調。尤其他長長捲髮的髮色，活像黑胡椒和白胡椒粉的混合，還有沾到烘咖啡煤炭灰的棉布寬袖上衣，外加他看起來既年輕卻又蒼老的臉龐。他的鞋子也是那麼怪異，到底是尖頭還高跟的？咦？今天下午我怎麼沒有發現？咖啡先生此時靦腆的表情，讓我感到他內心一股巨大的無力感。真是奇怪，我通常不大能感應別人內心的感覺，常常得罪了朋友卻不自知，素有朋友間「地表最強不會看臉色」的人類，可怎麼現在我卻能感應到咖啡先生的感受？是他太強大了，還是我不正常了啊？

咖啡先生緩緩的說：「因為我家沒有電話，我更沒有旅館的鑰匙，我只能用這種方式把書交給妳。」咖啡先生的語氣很輕，聽起來很有氣質。

「也可以給櫃檯轉交啊。」我說出這句話之後，才發現自己的冒失，咖啡先生不可能在櫃檯先生還在的時候出現吧？因為他走在街上，如果行人太多，大概會被路人看他的眼光給殺死吧？他是一個完全封閉害羞的個性嘛！

「總之，非常感謝你。你為什麼要給我這本書？我已經有了德文版……」

「因為……思科瑞（皮耶的阿嬤）夫人告訴我妳在讀這本書。」咖啡先生有點不好意思似笑非笑的說。

「喔～～承認吧！是你還是思科瑞夫人進到我的房間發現的呢？」我立即回想到那天有人進我房間的事。別擔心，我沒有要責怪這兩位的意思，咖啡先生的坦白，反而解開了那天讓我感到奇怪的謎團。

「不是我。是思科瑞夫人……她在妳房間看到，通知了我。因為還有人在讀這本書，我們很高興。」咖啡先生說。

「原來你們不知道這本書還在發行？我就是因為這本書的促銷活動而得到這趟旅程的。」我得意的說。

可是轉念一想，這本書我還沒讀完，是德國的瑪莉先讀完的。

「我也先坦白一下，書我還沒讀完，是我的朋友瑪莉讀完又參加出版社辦的活動，才有這趟巴黎旅遊的機會。」我趕緊誠實告知。

「妳的朋友叫瑪莉？」咖啡先生眼睛一亮。

「對啦，跟路易十四的少女情婦同名。」我點點頭。

「這麼巧！」咖啡先生背著手緩緩移動著腳步，我也慢慢的跟著他。

我跟上了腳步與他並肩時，歪頭問他：「巧合還沒有完，你就是作者貝登考先生，對吧？」我大膽假設的提出了我的結論。

或許我的假設是錯的，只是會這麼聯想，是因為我有一個真實的經驗：曾經在德國搬到新住處時，整理我的音樂CD。在一些老CD中，竟然看到一個音樂出版社的地址，就跟我新家的住址一模一樣！這實在太驚奇了！我立即上網找了資料，發現新家竟然在三十年前是一家音樂出版社！這一個完全真實的經歷，從此我便相信這種巧合是有的。儘管在當時，有種看電影劇本刻意安排好的虛假感受，可是它卻是真真實實的事情。最奇妙的是，我回想當初去那間二手唱片店時，那張ＣＤ不斷吸引我的目光，當時既不知道這個德國的老樂團，更沒聽過他們的音樂，然而當天在唱片行裡，不管走到哪個角落，總是可以看到那張專輯。抵不過這種怪異的吸引力，我便買下了那張ＣＤ。

所以我總是在問自己，到底是那張ＣＤ想回到它誕生的地方，亦或是我潛意識已經看見了那個我未來新家的地址？還是，我在數百年前已經住過這棟老屋，現在只是又重新回到這裡，順便也將這空間中曾有的音樂帶回製作它的時空？

巧合，聽起來是這麼不真實，但是那不真實卻又實際的感覺，正是巧合中最無法解釋又最迷人的部分。

有了以上的經歷，我一點也不會驚訝如果咖啡先生就是這本野史的作者。

聖馬丁運河上吹來一陣向晚的微風，給舒服的掌燈時分帶來溫柔的氣氛。

咖啡先生停住了腳步，轉向我說：「我就是要來告訴妳，我這本書裡沒有寫完的故事。」

18 左岸的祕密

巴黎是一隻海螺，還是一隻鍋牛？

什麼意思？巴黎共有二十區。這二十個區，一區一區接起來環繞成為巴黎的模樣。巴黎的分區很有趣，他是從城市的中心點，以順時針的螺旋狀來分區的，而不是將城市有秩序的成同心圓分區，或是像羅馬帝國的城市是以矩形來劃分。當然更不像中國的北京是以紫禁城為中心點，劃分出五個環狀區域，像一道又一道的城牆把行政中心給包圍住。

所以巴黎的螺旋分區法，讓巴黎的區域看起來不規則，卻很有趣。我總覺得它的分區圖，看起來像蝸牛背上的螺旋紋，又像一隻海螺的形狀。巴黎的第一區，是以城市最古老的區域為準，位於塞納河右岸，其中有羅浮宮。所以第一區以順時針排列下去，前四區都在塞納河的右岸，而從第五區開始，就越過塞納河，讓五到七區都在左岸。再順時針排列下去，越過塞納河，第八到十二區又變成右岸了。

好啦，我當然知道很多人都知道巴黎的分區法，只是我認為這個看起來有點不規則的分法是很有心機的，因為看起來似乎很自由平等，但被一條河隔著的左岸，有著更多古老的皇室建設。這導致了巴黎「左岸」變成了有文藝氣息的高尚社交場域，只要連結「左岸」，一切東西似乎都可以自動升等八級。

如果要說左岸咖啡很浪漫，注重咖啡原始口感的我，倒是愛上了巴黎右岸聖馬丁運河邊舊旅館大眼鏡嬸的咖啡。只是我的喜歡有誰在乎呢？在乎的人又都在哪裡呢？古代巴黎左岸的咖啡館，從葉門來烘好的黑黑苦苦會辣舌頭的黑咖啡，總得加糖才行。價值連城的糖是進口貨，大概只有皇室貴族才有能力加進咖啡吧？

而世界就是如此，不論古往今來，端看你想要把什麼當成中心。要賣糖，咖啡就得苦一點，這不就是市場論嗎？

輸的永遠是掏錢的顧客。當贏得利益的人嘗到了糖業的甜頭，就變本加厲的把咖啡弄得更苦一點，把糖出口的更多一點。糖的利益和擴張，不就是現代的食品業最豐厚的利潤嗎？

渺小如蝦米的消費者根本不知道，完全只能被牽著鼻子走吧？不知道咖啡先生是否也曾經被這樣的想法所困擾著？

咖啡先生建議我們朝巴士底廣場的方向走，我發現路過的人並沒有多看我們一眼。

「哈哈！妳看這些人，以為我是穿著復古服裝的導遊呢！」咖啡先生拍手笑了起來。

經他提醒我才發現，歐洲常有這種傍晚時的旅遊古城套裝行程，導遊手持火把或燈籠，穿著復古的服裝，引領著遊客步行各處的特定景點，復古裝束的咖啡先生與我這東方面孔走在一起，完全就是這種組合。

「我們就走到這兒坐坐吧。」咖啡先生建議我們在一個小公園的椅子上歇一會兒。

我注意到身材不高的咖啡先生，坐著時腰桿挺很直，不像我立即坐好坐滿，把背靠著椅背。

「書裡的故事結束在法國大革命，也就是法國不再有皇室。」咖啡先生對我說。

咖啡先生在離我一個手臂遠的位置側身，開始說故事。

「你看看巴黎鐵塔那一區，也就是第七區，是遊客必去的地方，它也是巴黎最高的建築。」咖啡先生的開場，真的有點像復古旅遊團的臺詞。

我點點頭，希望他不要像老人那樣有很長的開場白呀！我想聽的是關於咖啡的歷史。

「皇室走進歷史，法國成了自由、平等、博愛的國度。只是這個極為機密和尖端對於咖啡的研究，也在這一年被摧毀了。」咖啡先生搖搖頭。

我心裡暗想，這位先生可能在幻想？或是為自己瘋狂在房子裡種咖啡的行為找藉口？或是看我是外國人想糊弄我一下？各種可能都有。就當我只是陪老人聊天，他要天南地北的聊我也就隨他吧，誰叫我喜歡他的咖啡呢？

「我曾把接下來的故事寫在書中，只是被出版社認為太瘋狂而完全刪除了。因為只有那段路易十四情婦的野史被認為有賣點，其餘最重要的部分他們認為只會引來不必要的爭論，影響銷售。」咖啡先生將眼睛睜大了點說著。

我又點點頭。心想不是已經跟他說我連書都還沒讀完，我哪還會在意沒寫完的部分啊？

「商業就是這樣，每個人都有一個自我為中心的基點，由這裡出發再去考量所有的事。這樣才能計畫、促銷，貼近消費者，得到迴響進而賺得利益。」咖啡先生低下頭說。

「這點我倒是同意喔，我剛剛還想到糖的事情，古時候歐洲的糖不是很貴？」我不經意的說。

「哈！正是如此！我看路易十四故意不把咖啡烘得好喝，就是想賣糖吧？他准許奧圖曼帝國的進口熟豆在巴黎成為時尚飲品，就開始徵收咖啡稅，又趕快結合皇室植物學家研究各殖民島上種甘蔗的可能，真是悲劇！精煉蔗糖需要大量的奴工，他所開始的奴隸制度更是可怕！」咖啡先生嘆了口氣。

「那麼他對咖啡沒有研究？」我趕快問了一個跟咖啡有關的問題。

咖啡先生聽到這個問題，將眼光抬高，看向遠方，「妳知道巴黎植物園在巴黎第五區，其實路易十四早在一七〇〇年之前，就開始研究咖啡樹種植的技術，他更祕密的計算到百年後，也就是他死後，咖啡將會越來越重要，成為經濟體上最強大的原物料，而且高品質的咖啡豆將是法國最重要的財富，於是不惜花了大量的財力和研究經費，想要利用咖啡延伸他的不滅帝國，只是天不從人願，財盡力竭，路易十六被送上斷頭臺之後，這個計畫就消失了，不准再有人提起。」咖啡先生嘆了一口氣。

「那你怎麼會知道？」我直覺的就問了，聽起來真的很像我在懷疑他在胡說八道。

咖啡先生抬了抬眉毛，緩緩環抱自己的臂膀，極輕聲地說：「因為我就是那個計畫的一部分，我是路易十四在左岸最大的祕密……」

什麼!?我不敢想信自己的耳朵！他真的是瘋了吧？難怪皮耶對咖啡先生的介紹很保留，沒想到咖啡先生真的病得不輕……

我開始感到害怕，環顧四周還有不少遊客行人，如果他有狀況，我還可以馬上求救。

19 咖啡王朝

咖啡，是目前世界僅次於石油的第二大原物料，而且也是紐約和倫敦的期貨交易商品。

這在每本談論咖啡的書中都會提到，咖啡被運用的範圍之廣，真的不是一般人可以想像的。可是我就是沒聽過咖啡先生說的，那個什麼左岸的祕密！

此時的我，腦袋陷入一片混亂。

不是因為咖啡，而是我眼前這位先生不知道會繼續編出什麼故事來？可是也不能說他完全失常的，因為他對咖啡的種植和處理，還有厲害的美味烘焙技術，是無人能敵的專業，而我也親眼見證了。只是這個歷史敘述的部分，我要相信他，還是文字的記載呢？

所有歷史記載的都正確嗎？就算正確，沒有遺漏的部分嗎？我抱著隨便聽聽的態度繼續聽下去。

「我知道再如何解釋，也是不會有人相信的。出版社把這部分刪掉時，我簡直大發雷霆！發現人類是不願聽真相的物種，只要是沒有聽過的或是與自己的世界不符合的，一定打從心底的拒絕去相信。只是一些超越時代的研究，就是如此衝撞著現實，偉大有計畫的創新，常常要到很久很久以後，人們才會因為這些計畫實現了，才願意面對和感到欽佩。」他邊說邊撥了被風吹到前額的長髮。

咦？我是有露出不相信的眼神嗎？不然咖啡先生這幾句就是在回應我的懷疑？

「那麼你還是決定告訴我？即使有可能我也不相信？」我問。

當說出這句話時，連我自己都覺得有趣，我怎麼不擔心他會生氣大吼呀？

「這個世界，已經太久、太久對咖啡的品質不講究了，妳來到我的世界中，願意讚美咖啡的品質，妳更願意堅持對真正美味咖啡來源的探尋，我沒有其他選擇，決定把這個祕密告訴妳，這是我最後的機會了。」咖啡先生的語氣非常清楚明白。

我感到傷感。因為很多老人都會有這種傷感的發言，總是說他們活不久了，有很多話想說，有很多不平要去平撫，有很多沒說的話不吐不快之類的。我嘆了口氣，我面前這位看來很復古的咖啡先生，原來只是老人在發牢騷，或許平常沒人聽他說話，今天遇到喜歡他咖啡的人，剛好可以壓力釋放。

「貝登考先生，請不要這麼說，我今天看你烘焙咖啡精力非常充沛，而且你的身體相當硬朗，要設定目標，至少活過一百歲！」我用平常制式安慰老人家的語氣安慰了咖啡先生。

咖啡先生微笑了。

「那麼，如果我說我已經兩百四十九歲了呢？」咖啡先生溫柔的問。

哇！真的假的？

「我出生在一個試管中，也在試管中成長。我是被製造出來看守咖啡樹的忠實僕人，壽命是二百五十歲。因為皇室的崩解，以致無人能繼續在試管中培育我，只好提前從試管中走出來自己生活，並接下保存路易十四最好咖啡品種的任務，所以我的長相因此是不完全的，一半一直在成長變老，另一邊則是永遠的年輕。在我寫的書中，那小女僕瑪戈從凡爾賽宮帶出的女嬰，就是我的基因來源。這也叫做瑪莉的女嬰，是路易十四和他最後一位情婦瑪莉．安潔莉克．德．思科瑞所生。小女僕瑪戈在女孩十歲時，帶著她和種植成功的咖啡樹，到凡爾賽宮求見路易十四，並把女孩交還給皇室，那是一六九一年。當時的咖啡交易，奧圖曼帝國、地中海的國家、埃及和荷蘭有著最佳的優勢並且壟斷了市場。路易十四無法承認法國在這方面經濟地位的喪失，便開始將瑪戈送來的咖啡樹做為基本的種子，要皇家植物學家開始了很多的研究。」咖啡先一口氣說了很多關於歷史的紀錄。

但是，我一句也不信。

從他描述，難道他是複製人？這一定是他幻想的情節吧？

咖啡先生微笑著說：「妳不一定要相信，也不需要說妳的感想，我只是把事情說完，妳如何告訴世人，或是不告訴任何人，我都不在意，因為我知道被人嘲笑是瘋子的感受，妳沒有必要承受。」

我只能默默點頭，一邊認真記下他說的那些年分，等一下可以上網查查，應證之後就知道真偽了。

「歷史中，王室最怕的就是背叛。忠心，則是最受王室歡迎的品格。不管是違反道德、違反自然、違反人性，只要能確認是來自忠心，一切都是可以被接受和原諒的。路易十四祕密的咖啡計畫絕對要有忠心的遠久規畫。一個來自皇室血緣的再造人，一定可以維持更久的生命忠心守衛偉大皇朝的財富。十歲的瑪莉因為身體孱弱，在她去世之前，這些超越時代的皇室生物學家們，用瑪莉的基因複製了我，我是路易十四最得意的祕密。他開始要皇室的植物學家，瞞著當時各咖啡的出口國，到殖民島上種植咖啡，但是卻屢屢失敗。」咖啡先生望向巴黎植物園的方向，轉頭問我：「或許妳聽過一個故事，一個名叫 Gabriel de Clieu 的法國軍人，在一七二三年從巴黎植物園偷了一株咖啡樹，並將咖啡帶到法國殖民地馬丁尼克的故事？」

「這個故事太有名了！是對鑽研咖啡歷史的人不可能錯過的故事啊！我喜歡他因為船因風浪差點損毀，船上的人每人只分到有限的飲水，這位偉大的軍官還把他的飲水完全拿來澆灌咖啡樹，才讓他能帶著活的咖啡樹抵達目的地，並在三年後為法國種出了屬於自己的咖啡！」我對自己精通法國咖啡史感到很得意。

「很有趣的故事，不是嗎？當時皇家巴黎植物園真的有那麼好偷咖啡樹？」咖啡先生笑著搖頭問我。

我哪知啊？歷史故事對我來說都是單方片面的，我又沒去過那個年代，也沒研究過巴黎植物園當時的警報系統，我只能照本宣科。

「拿咖啡樹給這位軍官的就是小女僕瑪戈，她當時已經將近六十歲，因為她成功的種出了咖啡樹，便留在巴黎以私人的身分替皇室照顧咖啡樹。一七二三年，路易十五成年即位加冕，按照計畫，咖啡樹將在這一年送往法國殖民島，展開法國的咖啡偉業，我就在現場。為了不讓任何人發現我們的計畫，所以我們公布了妳現在看到的這個版本的故事。妳相信一個當時沒有植物學相關知識的軍人，會身懷種植咖啡的任何專業技術？」咖啡先生反問我。

他這麼一問，我反倒懷疑起自己的質疑能力，對啊，當時怎麼可能用這方式就在法國海外殖民地種出咖啡？這我得查查資料，或許咖啡先生只是熟知歷史，想要考考我？

「那波旁咖啡呢？也是這個咖啡王朝計畫的一部分？」我也想繼續用問題擾亂他。

「波旁島，那是一七八九年以前法國皇室輝煌的咖啡成功史。路易十五把研究持續下去，即使沒有成功，他還是一直花大錢要把法國咖啡的版圖擴大延伸。現在稱為留尼旺（Réunion）的波旁島是法國的海外省，波旁的種子，也是小女僕瑪戈所種出來自葉門的阿拉比卡種。」咖啡先生完全沒被我考倒。

「那你的咖啡樹也是瑪戈的種子？」我聽到這裡，似乎已經快要被咖啡先生的故事說服了。

不行！我要清醒！我從來都不會被這種科幻故事所迷惑！咦？我不是也不愛宮廷小說嗎？怎麼還會被勾起更多好奇心咧？不行不行！醒過來！不要相信他！我快要被咖啡先生催眠了啦！

「我在法國大革命前夕，從燒毀的實驗室中逃走，瑪戈在過世前曾交給我一個信封，那是路易十四封緘的一封信，上頭寫了我的名字。裡面寫著如果有任何變化，必須立即離開皇室區，帶著種子前往曾經去過的夏季授獵無名小城堡，也就是妳今天造訪的我家。那個地點是已經計算好溫溼度，可以繼續種植好咖啡樹的祕密地點。我照做了，咖啡樹一天一天長大，我卻沒有老去，信裡也寫了我可以活到兩百五十歲，只要我忠心守候法國的咖啡種子，我就可以活到這個歲數。」咖啡先生的語氣很寂寞。

我不敢問他們是怎麼把他製造出來的細節，而且我也不懂這些生物或化學的事情。只是，那個年代就有複製人？

「聽起來很科幻。那你活這麼久，完全沒有親人了？」我問的是句廢話吧？

「瑪戈是我唯一的親人，她是照顧小瑪莉到十歲的人。我又是從小瑪莉的基因被製造出來的，所以只能透過瑪戈給的一些祖母的遺物中，尋找感情慰藉。」他嘆了口氣。

「你祖母？」我聽了這些故事，腦袋已經完全亂了。

「就是路易十四的最後一位情婦瑪莉啊。」咖啡先生客氣的說。

「是什麼遺物啊？」我好奇有什麼東西可以留這麼久？

「是祖母手作的一些漂亮蝴蝶結，她真是這方面的天才。我都收藏得很好，藏在某處。這麼久的時間裡，不時拿出來看看。」

「哇！真有這些蝴蝶結？還保存著？」我太驚訝了。

咖啡先生的蝴蝶結收藏才是最正統的古董啦！唉呀！我的德國朋友瑪莉才更應該來這裡跟咖啡先生見面吧？只是，咖啡先生也不會給我們看吧？萬一他這個是胡謅的故事，也不會真的有蝴蝶結。看來我還是很不相信他說的故事……

「我對於世人把咖啡看成不大需要講究品質的飲品，感到很難受，我的職責是守護法國咖啡的人，卻沒有任何的能力去改變商業的操作。」咖啡先生說。

「你很幸運呀，旅館太太還是很挺你呀，等一下……」說到這兒，我想起大眼鏡嬸的姓，想起皮耶在說自己的名字的那一時刻。

「思科瑞？」哇！這家人難道是路易十四最後一個情婦瑪莉的家人？她的名字不

就是瑪莉．安潔莉克．思科瑞？

喔，故事又連上一條線。這些人都是一夥的，喔，不是，都是歷史裡的復古人啦！

「我知道了，旅館思科瑞太太的姓……」我喃喃自語的說。

「妳真聰明！他們就是思科瑞家族的後代，瑪戈給我他們的資訊，我就找到他們，這家族為了怕受到皇室的追殺，一代又一代的替我保守了祕密，直到現在。」咖啡先生點點頭說。

這時有一群喧囂的年輕人經過我們身邊。

「嘿！老路易！又在說你的怪異科幻故事？」一個年輕男孩似乎喝醉了，用調侃的語氣對著咖啡先生喊。

其他年輕人跟著也大笑，喝醉的年輕人搖搖晃晃的走了。

「二十年前，思科瑞夫人曾介紹我到中學去講講路易十四的歷史故事，當然沒有人相信我曾親自經歷，我成了笑柄。」咖啡先生深呼吸一口氣。

「妳不會怕我吧？」咖啡先生突然擔心的問。

「妳知道我比較擔心什麼嗎？」我回問咖啡先生。

「？」咖啡先生微微歪頭露出問號的表情。

「剛才那位三十來歲的年輕人，會不會待會兒才發現他都長大這麼久了，你還是沒變而嚇到酒醒啊？」

「哈哈哈！這真是我一百年最開心的一天了！」咖啡先生狂笑了起來。

我永遠不會忘記這個狂放的笑聲，咖啡先生的聲音飄散在運河上，又飄去了左岸，貫穿了巴黎的每個角落，又傳到了空中，回到了三百年前。

我跟各位一樣擔心自己是遇見了對咖啡瘋狂的人士，於是幻想了一個咖啡王朝的故事出來。然而我喜歡這個故事，只要講述者能把史實和事實連結完美，我倒也不反對這類的創作，總比我不喜歡的宮鬥劇好太多。我也從未聽過路易十四時代這類的幻想故事，聽到的多半是浪漫的宮廷故事或是情婦野史。只是，咖啡先生講了幾件事確實是我無法解釋的：「是誰給了 Gabriel de Clieu 咖啡樹？有些故事說他是偷竊巴黎植物園的咖啡樹，那他為什麼沒有受到處罰？又是哪位植物學家和商船曾三次去到各殖民島去試種咖啡？為什麼葉門的咖啡品種，當時會傳到波旁島？」

這些歷史中的無法連接的部分，一直都是我的疑問。咖啡先生是否也與我一樣，知道這些歷史的缺口，於是就自我開發了自己的歷史連結，讓自己的故事更趨合理？

可是一切又太巧了，所有的巧合又如此真實。

我把咖啡先生給我的法文版書塞回他手中。「我看不懂法文，有德文版的就夠了。」

他接過書，沒有說話。

他從褲子口袋拿出一顆已經風乾的咖啡果實，用食指和拇指捏著紅紅的咖啡果實對著天空，「如果天上的星星都是紅色的小咖啡果實一定很棒！」他像孩子般的說著。

我突然想到《小王子》裡的插圖，那個在星球上澆花的景象。

咖啡先生把咖啡果實放到我手掌心。

「未來妳孤獨的時候，可以想到我；我孤單的時候，也會想到妳。兩個都很孤獨的想念碰在一起，應該就不孤獨了吧？真正的朋友都是這樣的，不管時空如何變遷，真心想念這回事都沒有變。」咖啡先生的臉龐，簡直就像孩子那樣純真。

「你怎麼回家呢？」我擔心他是用走的回去，那樣很遠耶……

「別忘了，我有很多時間。我可以慢慢的走回去。」咖啡先生說。

我看他沿著河岸，朝著二十區的方向走去，消失在運河的盡頭。

我獨自慢慢走在運河邊，你知道我在想什麼嗎？我覺得大城市如巴黎這樣的地方，老年人一定很寂寞吧？咖啡先生一定是對咖啡太過熱情，從年輕開始就受到所謂「正常」社會的排擠，又不能像多數人一樣上學就業，按部就班過著生活，只能怪異的營造出一個幻想故事，說服自己的熱情是有任務的，千萬不要中途放棄。

我打開手心，看著那顆咖啡果實，實在又皺又乾癟，像是風乾已久的果乾。只是那顏色既暗紅，卻又鮮豔。當果實新鮮的時候，肯定是非常漂亮的顏色。

我想起書裡的年輕瑪莉，就是為了看咖啡果實的紅，而想自己種植咖啡。這位咖啡先生除了懂咖啡，也是很棒的文字創作者。他寫的宮廷野史，竟然到今天還會有人想讀，真不容易。不過還好沒把科幻小說的部分放進去，出版商的決定沒錯。只是聽了咖啡先生的未寫進書的故事，反倒覺得應該出版寫續集，這種虛擬歷史的科幻故事，一定可以變成線上遊戲，順便教廣大喜歡喝咖啡的人一些咖啡知識。

臨睡前，我把書的結局翻了一下，大致就是瑪戈將十歲的女孩瑪莉帶去見路易十四並且把祕密告訴皇帝，而最後一幕就停在瑪戈同時獻給路易十四一籃鮮紅的咖啡果實，和十歲小女孩瑪莉走向路易十四的場景……是個溫暖的結局。

我睡著前，決定了明天最後一天在巴黎的行程。

20 不可能的真實

我很早就下樓吃早餐。

大眼鏡皤膝蓋開刀據說要休養一個月，皮耶昨晚說了有人訂古董車行程，所以我不會再見到他們。

猜猜看我今天要去哪兒呢？我決定朝這個法國所建造的咖啡王朝的歷史中去一探究竟。

我直接把出門的背包帶下樓，決定一吃完早餐便向 BnF 移動。還記得我去找路易十四相關資料的那座法國國家圖書館密特朗館吧？館藏檔案室的通行證還可以用到今天，我決定去哪兒，把昨晚咖啡先生說的那些科幻小說似的相關歷史事實全都查一遍，這麼做有兩個好理由：

①把這些有趣的咖啡歷史複習一遍，找到更多歷史資料，繼續學習。

②證明我對咖啡先生的猜測，也就是他說的，只是個人杜撰出來的故事。

這應該是很有求知精神，對吧？

能夠在這裡，立即查證自己覺得迷惑的歷史細節，真是太爽快了！

進入國家圖書館要檢查背包，而進入館藏檔案室要刷通行證。這個位於地底三到四層的銅牆鐵壁館藏處，總讓我因過於安靜而有耳鳴的感覺。

我找到了一本路易十四和荷蘭貿易往來的書，不知會不會有荷蘭送法國咖啡樹的記載？

另外，我本來還想找波旁島（留尼旺）在一七八九年之前對咖啡樹的記載，無奈沒有任何相關資料。

我又去請教不同檔案區的櫃檯，或許他們可以幫忙找到我要的書？

在歷史檔案區櫃檯，是一位英語流利的小姐幫忙我找資料。

「妳可以再描述一遍妳要找的資料是？關於咖啡？」她對著電腦銀幕，開始鍵入相關資料。

「我想找的是，有沒有關於路易十四進行咖啡樹相關研究的書。還有，就是路易十五時期，是委託哪些植物學家在做咖啡植物研究？還有……」

「等一下、等一下，一項一項來。」有著棕色短髮，氣質優雅的館員小姐要我不要一口氣問這麼多。

「先查這個……路易十四研究咖啡……資料沒有很多，他比較喜歡徵稅，只要能收錢的他一概有興趣。」棕髮小姐說。

「哈哈，妳的解說簡單又明瞭，他真是為了賺錢花了很多腦筋。」我稱讚棕髮小姐。

「路易十四就是愛錢又會花錢，奢侈的很。路易十五的咖啡研究？我看看……路易十五更有趣了，他也很會花錢，他甚至……」棕髮小姐突然皺起眉，拍了一下電腦銀幕顯示器。

「咦？突然銀幕消失了？不知怎麼回事？」

棕髮小姐又輕輕敲了一下電腦顯示器邊緣，「啊，又有影像了。」

「妳說路易十五甚至還怎樣？」我好奇的問。

「路易十五嗎？他比路易十四還瘋狂，他甚至把咖啡種在房子裡……啊，這裡有一個荷蘭市長送咖啡樹給路易十四的資料……」棕髮小姐邊找邊資料邊說。

咦？我沒聽錯吧？把咖啡樹種在房子裡？這不是與咖啡先生的行徑不謀而和？

「妳說路易十五在房子裡種咖啡樹？有這方面的資料嗎？」我認真的問。

「路易十五的怪異行為很多，不用大驚小怪，當時的植物知識當然不發達，他會做出這樣的事也不奇怪。咖啡樹種在屋子裡，可能嗎？……這裡有一個關於波旁島的歷史書，可是沒有看見關於咖啡的資料，也沒有記載關於一七八〇年之前波旁島咖啡的事。」棕髮館員小姐搖搖頭。

「等等！這裡有一個故事關於軍官偷咖啡樹的事，是從巴黎植物園帶到馬丁尼克一株咖啡樹的敘述資料，這個需要嗎？」棕髮小姐問。

「這個我已有資料，感謝。我要問的是路易十四或路易十五到底對於咖啡有哪些相關的研究。」我說。

「那我建議妳去植物研究分區的櫃檯，這裡是歷史檔案館藏，不會有專門科學分類研究的藏書。」

我在圖書館混到下午，只找到一個基因研究的紀錄，顯示波旁島曾在一七〇八、一七一五、一七一八年，試種了三次咖啡豆，這三次有兩次路易十四還在世。只是，路易十四的咖啡種子是何處而來的？因為巴黎植物園的咖啡樹，是在法國和荷蘭簽訂烏德勒茲和平條約（西班牙王位繼承戰）後，才收到由荷蘭所送的禮物呀……

我拿紙筆在圖書室的座位上，畫了一個簡單的法國古老咖啡時間軸，整理了一下路易十四時期有哪些和咖啡有關的大事紀：

一六五九年：巴黎外方傳教會成立。（與外國民間接觸的開始）

一六六一年：第五位官方情婦瑪莉．安潔莉克．德．思科瑞出生。

一六六四年：巴黎外方傳教會得到羅馬教廷批准。

一六七一年：法國第一家咖啡館在馬賽開張。

一六七二年：奧圖曼大使到凡爾賽宮見了路易十四，不願留在凡爾賽宮，卻到巴黎開了咖啡館。

一六八一年：情婦瑪莉・安潔莉克・德・思科瑞因病在巴黎修道院去世。（本書的故事開始於此）

一六九二年：路易十四開徵各種外國進口香料關稅，包括可可、咖啡。

一七〇八年：路易十四尚在位，到波旁島試種咖啡。

一七一四年：荷蘭贈與法國一棵爪哇種植成功的咖啡樹，種植在巴黎植物園。

一七一五年：路易十四過世，波旁島第二次試種咖啡。（據現代基因追溯考證，證明是最成功的一次）

一七一八年：法國第三次到波旁島種植咖啡樹。

一七二三年：法國海軍軍官從巴黎偷了咖啡樹，帶去馬丁尼克種植。

一八一四年：巴黎外方傳教會到波旁島（留尼旺）成立天主教會。

我在這些自己整理出的幾條線索的年份上，自己畫了一個大X。路易十四和路易十五的咖啡種植計畫，除了海軍軍官比較明顯的是有一個故事之外，其他都是完全找不到更多的相關資料！難道真的要我相信咖啡先生說的是真的？

突然感到旁邊座位上有人在看我，我立即轉頭，是一個學生對著我笑，他看看我，又看看他電腦旁的一堆如小山的資料，兩手一攤。

這人以為我跟他一樣在寫作業論文吧？我也微笑聳肩回應。

人生有這麼多時候，在時光的來去中，用盡了力氣也找不到更多有效的答案。我們只是活動在過去和未來間的路人，被許多古老時光的故事推擠往前，我們費勁的猜想這些古老的故事會不會對未來產生任何影響？然而，猜想只是無意義的另一種推擠的堆高，我們都多少認為自己是預言者，無奈歷史是一道洪流，這洪流中只有猛獸可以生存，平淡渺小如我，只能在咖啡歷史的巨河邊，聽聽濤聲，被濺起的小水花所印成的咖啡歷史文字，翻騰我個人小世界中的心神。

咖啡先生的故事如果為真，那麼路易十四的夢已經成真；如果咖啡先生只是一個患有精神疾病的人，我還是不能否認他的咖啡專業，我確實喝到了在巴黎喝過最好喝的咖啡。其他就又有什麼好爭論的呢？此刻只想對三個人說謝謝：「第一個是路易十四，第二個是咖啡先生，第三個是我的德國朋友瑪莉。」至於那位情婦瑪莉和小女僕瑪戈，我找不到任何相關資料，所以感謝就歸於第二，那本野史的作者，咖啡先生。

想到這兒，心情比較開朗了。

「日安！」我對鄰座的學生說。

我隨即起身，順便把自己整理的資料小紙條塞進背包，我決定從地底三層的館藏檔案室回到地面。

我明白自己，只是一個不可能從這個巨大歷史中找到更多線索的路人。於是決定就讓咖啡先生給我的這次巴黎咖啡奇遇，成為我人生中最不可能的真實回憶吧！

21
重逢咖啡館

晚餐我回到了第一天去的那家中式快餐店。

老闆又熱情的跑出來跟我聊天，我祝福這位老闆即將展開的退休生活一切快樂。

回到我的不等邊三角形旅館房間時，看到電視小茶几上擺了東西。是一個白色的小棉布袋，還有一個紅色信封。

我一眼認出那是咖啡先生裝咖啡的布袋！我高興得跳起來！我根本沒看信就迫不及待打開了袋子，那是一袋新鮮的生豆，那不能用言語形容的美麗新鮮生豆香味，能讓咖啡烘焙師高興得一直尖叫！

哈哈！一直想要的東西終於得到了！還好沒有問怎麼買，人家真心認為你值得，就會送給你，如果你不值得這樣的好東西，送給你也是糟蹋。還好我一定是給他留下了好印象，哇哈哈，太驕傲了！

我打開信，還好是用打字的，不然我有時候看不懂外國人的手寫字：

親愛的H小姐：

感謝妳昨日與我的朋友貝登考先生的談話。

他對於妳細心了解的聆聽非常高興，於是請託我送來這新鮮的生豆做為答謝。

妳可能會因看到、聽到的所有事感到難解，不過我們要請妳釋懷。因為我們在很長的歲月中，尤其是貝登考先生，幾乎已經對真正願意認識好咖啡的人失去希望。妳對好咖啡的反應，如同明月中的星光燦爛，讓我們心情愉悅。

貝登考先生已經準備移居他處，他考慮開一家名為「重逢」的咖啡館。或許將來有這麼一天，我們會在重逢咖啡館再見。

祝一切安好，

瑪戈．思科瑞

我把信擱在腿上，望向窗外，夕陽在天空還剩一絲橘紅色的光暈。大眼鏡孀的名字是瑪戈？重逢咖啡館？名字真浪漫！可是會開在哪呢？我又唸了一次信，還是沒有找到任何線索。

我又把咖啡生豆拿起來聞了一遍。為了咖啡先生的重逢咖啡館，我一定要回來找他！可是，我想起他不是說他只能活兩百五十歲？真是很可愛會幻想的老先生吧？我真的有點糊塗了。

我拍了張咖啡生豆的照片傳給瑪莉。

「旅館老闆送我的新鮮咖啡生豆！」

「哇！太棒了！我就說這個行程最適合妳！」瑪莉馬上回傳了好幾張煙火慶祝貼圖。

「他們以後會開一家重逢咖啡館，可以一起來喔！」

「一定！」瑪莉給了一個讚。

我將信裝回信封，信封上沒有任何聯絡訊息。

「重逢咖啡館」到底會開在哪裡呢？我真的非常非常好奇。咖啡先生的個性是不大可能與人交流的，他為何會轉性要開咖啡館？而且，他種的咖啡也無法提供一個正常咖啡館所需要的咖啡用量吧？又或許這是大眼鏡孀為了安慰朋友的心神處境，而努力答應的好人好事？想來想去，也或許就是在暗示咖啡先生的年歲太大，那「重逢」只是一個宗教的概念？

唉！這些人都太有氣質了，為什麼不說大白話呢？

為了下次來時，如果大眼鏡孀的旅館已經歇業，可以自己去找咖啡先生，我坐下來拿出筆，抽出那封信翻到背面，把我大概還記得的路線，在腦海中慢慢回想一遍，我要帶瑪莉去咖啡先生的家。或許，他也會因為瑪莉的專業，給瑪莉看看那些幾百歲的漂亮蝴蝶結？

看著憑記憶畫好咖啡先生家的地圖，這就是我下一次旅行的最新的目標。美好的事物，歡迎重逢。

Eurasian Publishing Group
圓神出版事業機構
用心與你對話．視野無限寬廣
圓神出版社
Eurasian Press
www.booklife.com.tw reader@mail.eurasian.com.tw
鄭華娟系列 029

重逢咖啡館

作　　者／鄭華娟
發 行 人／簡志忠
出 版 者／圓神出版社有限公司
地　　址／台北市南京東路四段50號6樓之1
電　　話／（02）2579-6600．2579-8800．2570-3939
傳　　真／（02）2579-0338．2577-3220．2570-3636
總 編 輯／陳秋月
主　　編／吳靜怡
責任編輯／林振宏
校　　對／林振宏．歐玟秀
美術編輯／李家宜
行銷企畫／詹怡慧．林雅雯
印務統籌／劉鳳剛．高榮祥
監　　印／高榮祥
排　　版／杜易蓉
經 銷 商／叩應股份有限公司
郵撥帳號／18707239
法律顧問／圓神出版事業機構法律顧問　蕭雄淋律師
印　　刷／祥峰印刷廠
2020年1月　初版

定價 290 元　ISBN 978-986-133-706-7

窮盡一生的時間和精神，不斷深陷於想要研究的課題上，不容自己有一絲絲的移情別戀。就那麼深入的不斷探索，如同對愛情般俯首稱臣，且鍾情一世。

——《重逢咖啡館》

國家圖書館出版品預行編目資料

重逢咖啡館／鄭華娟 著. -- 初版. -- 臺北市：圓神，2020.01
208面；14.8×20.8公分（鄭華娟系列；29）

ISBN 978-986-133-706-7（平裝）

863.57　　108019377